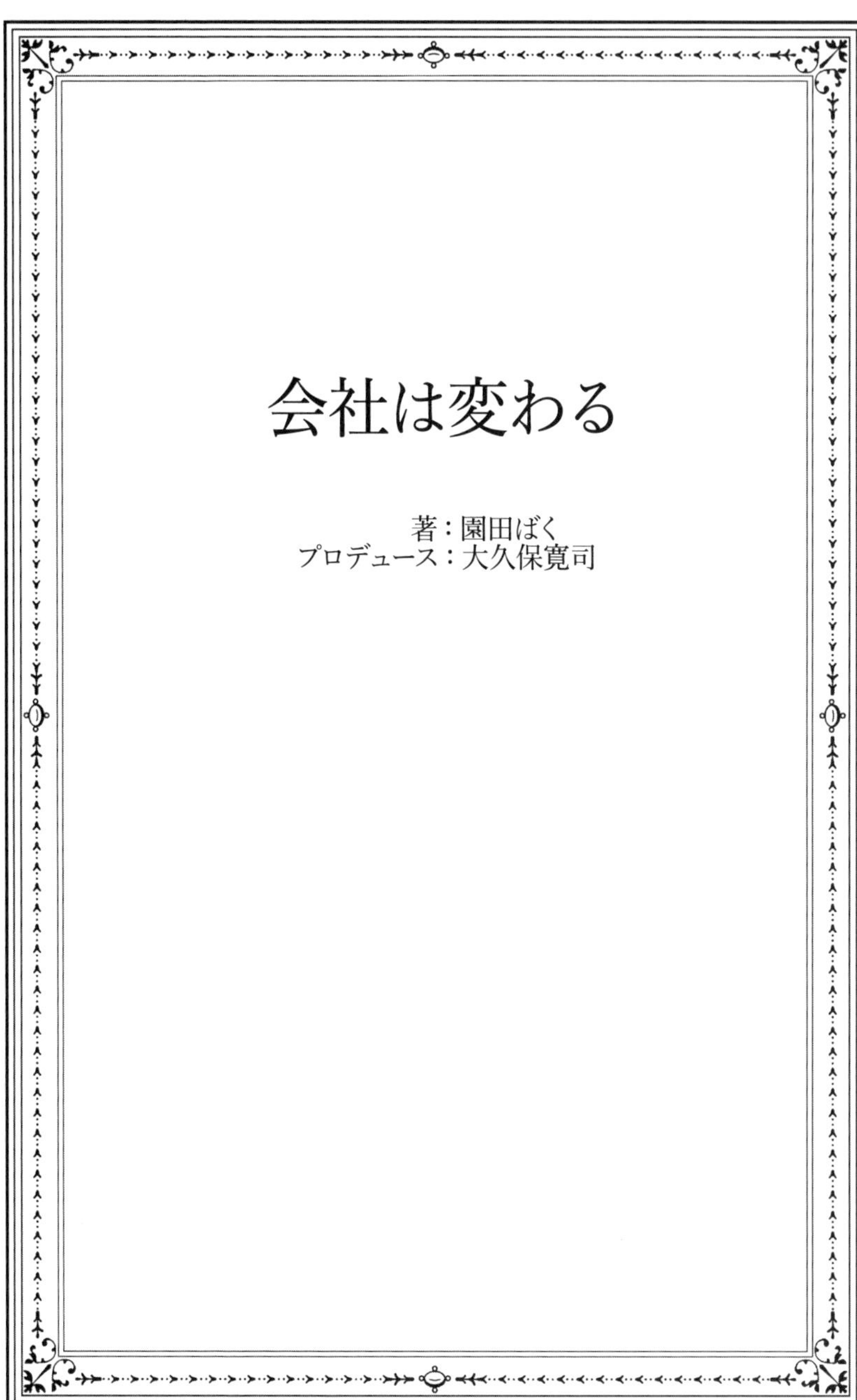

会社は変わる

著：園田ばく
プロデュース：大久保寛司

序文

会社の風土を変えることは可能でしょうか？

経営者次第で、会社が変わるというのはどなたでも理解できると思います。

では、一社員が会社の仕組み、風土を変えることはできるのでしょうか？

風土改革のきっかけをつくり　全社をその渦に巻き込むことは不可能でしょうか？

できるんです！

一見不可能と思えることですが、できないことではありません。

可能なんです！


こんな事例があります。

私の知り合いの製造業の会社で、工業高校を出たばかりの女性を、初めて製造現場で採用したことがありました。

「とにかく仕事ができるようになりたい」

彼女は休みの日も隠れて出社しては、見つかって怒られていました。

そこで、彼女は、同じ技術が学べる別の会社に行って、土日は勉強していました。

その18歳の女性社員の口癖は、
「うちの会社を日本一にする」です。

彼女が入社して1年経った時、工場の雰囲気が変わったそうです。2年経った時、100人いる会社の雰囲気が変わったそうです。

技術現場では、技術がないと評価されません。彼女は最初、何の技術もありませんでした。しかし、周りは変わっていったのです。

なぜか?
それは、彼女の熱意です。
いい会社にしたい。仕事ができるようになりたい。誰にも負けない努力もしたい。
彼女は、技能検定をどんどん受けました。
それまで、その会社には受ける人がいなかったのです。

「なぜ、先輩は受けないんですか?」
「別にそんなの受けなくていいんだよ」

ところが、彼女が受ける、受かる、次も受ける、受かる。
だんだん、周りも受けざるを得ない雰囲気になっていきました。
そうして、会社全体の力がアップしていきました。

役職なんて関係ありません。
思いのエネルギー。思いの深さ、強さ。
それが人を動かすのです。

私は大企業であっても、**知恵と愛と推進力(情熱)**があれば変えていけると思っています。

もちろん、時間はかかります。
楽ではありません。
しかし、変える道筋をつくることは可能なんです。
最高に面白いです!

変革を推進する人のために大切な３つの指針をお伝えいたします。

◎まず信頼される存在になること
◎他人や周りの責任にせず　常に指を自分に向けること
◎そして何よりも本気であること
【「あり方で生きる」（大久保寛司著）より】

本書の主人公・永田誠一のあり方・生き方から、組織風土改革のヒントを掴んでいただけたら誠に幸いです。

プロデュース　大久保寛司

目次

プロローグ

コロシアム

チーン。六本木の本社ビル、役員室のある階にエレベータが到着する。

永田誠一は、エレベータを降りて、目の前のホールに一歩踏み出し、久しぶりにその場のピリピリとした空気を感じて、少しだけ歩みを遅くする。熱気と冷静さが渦巻く闘技場、ローマにあるコロシアムのような雰囲気がそこには流れていた。中央吹きぬけのホール、その両サイドにある各役員室の前には、忙しなく出入りしている秘書がいた。ホールを横切りながら横目で永田に一瞥を投げていく役員とも目が合った。

そんな緊迫した雰囲気のホールをゆっくりと歩く永田の姿は、場違いに落ち着いて見えた。実際、永田の肩書を知らない人が見たならば、世界的企業であるARK(アーク)(Advanced Research & Knowledge)社の若手の役員に見えたかもしれない。

ホールにいる人々からの好奇の視線にさらされながら、永田はホールの真ん中を通り、正面にある社長室へと進んだ。社長室の前には、社長付の秘書がいた。永田がホールをゆっくりと横切って社長室の前に着くと、秘書は永田がちょうど扉に着く頃合いを見計らって永田の代わりに扉をノックした。

「日下部さん。いつもありがとうございます」

永田が丁寧に頭を下げた日下部秘書は、社長秘書の中でも熟練の秘書であった。最初に永田が社長を訪ねた時には、訝しがる雰囲気を隠しもしなかった彼女だったが、対応は徐々に変わっていった。永田は社長秘書からの信頼を確実に得ていたのだ。

「社長が、たいへん、お待ちかねです。どうぞ」

日下部秘書が少し楽しむように、そう言って扉を開ける。永田は扉に身体を滑り込ませるようにして中に入る。

社長室の高い天井に続く壁は、深い茶色のウォルナット材に、少し赤みを帯びたマホガニーがアクセントに組み合わされている。重厚感がある中でも、比較的明るいしつらえだ。

永田はいつものように扉の一番奥にある社長の執務テーブルに進んでいくと、目の前の男にいきなりこう切り出した。

「山城さん。ここ2ヶ月ほどいろいろ社内の部署を見させて頂きました。言葉を選ばずに申し上げますと、私には各部長が2年先、3年先の顧客満足向上、従業員満足向上を願っているとは思えませんでした。正直申し上げますと年度目標も怪しいものです。見たところ四半期の結果を必死に追いかけている部長しかいないというのが、正直な印象です。もちろん、四半期の結果を望んでいるARK米国本社の意向には沿っているとは思いますが、いかがなものでしょうか」

永田がそう言うと、男は眉毛一つ動かさずにこう言った。

「そうだろうね」

そして自然な笑顔で永田を見つめると

「だからこそ、キミを呼んだんだよ。で、どんなプランが考えられるんだ?」

そう言って、永田を見守るこの男こそが、日本ARKの社長の山城だ。整ったグレイヘアに少しあどけなさが残る表情と、頬に刻まれた皺がギリギリのところで融合している。見る人を安心させ、引き付けてしまう雰囲気を持っているような男だった。

「山城さん、プランをお話する前に、ひとつだけ確認です。社長、本気ですよね、この改革。失敗したら、私はもとより山城さんにまで責任が及ぶかもしれません。それを踏まえて改革を進める。と、お約束してくれますでしょうか？」

山城は、永田の顔をまじまじと見ると

「もとよりだ。業務改革ＣＳ担当部長、永田さん。ぜひ、お願いいたします」

きっぱりとした口調でそう言い、デスクに手をつき頭をさげる。と、少しだけ上目遣いに永田の表情を覗き込み、悪戯っ子のような満面の笑顔を永田に向けた。

終わった人事

永田が本社に配属された人事である『業務改革ＣＳ担当部長』とは、ある意味、サラリーマンの終わりのポジションと呼ばれていた。ＣＳとはカスタマーサティスファクション、顧客満足度を調査検証、そして満足度向上を推進するための部署だ。開発部や企画部や営業推進部と比較すると、攻めではなく、守りの部署である。故に、積極的に目指す人はいない。

「CS担当になったら最後、昇進が止まる。二度とキャリアラインには戻れない一方通行の終わった人事だろ」

と、からかい半分で言われるのが世間一般からの評価だった。そんな終わった人事であるCS担当部長の永田が社内をうろちょろしている姿を見て、

「名古屋の地方の田舎侍が、本社に何をしに来たんだ？　どんな手柄を探しに来たんだか？　どこにでも身の程知らずというか、愚か者はいるもんだ」

とあからさまに言い放つ人もいた。そのことを、永田自身も知っていた。しかし、そんな噂など永田は気にも留めていなかった。永田が本社へのオファーを受けた際に、今のポジションを自ら強く望んだことなど誰も知らない。

「永田さん。支社長がお呼びです」

とうとうその時がきたか。永田の腹は決まっていた。

「永田さん、本社勤務の話が、キミに来ているんだかね。今キミも、たくさんの家族を持って大変だろう。ようやく名古屋支店も自走してきたところだ。今キミを本社に取られるのは痛いんだが、キミの人生でもある。判断はキミに任せるよ。どうするね？」

「そうですね、こんな田舎から上京するのですから、それなりの覚悟は必要です。もし、ポジショ

ンとして業務改革ＣＳ担当部長を拝命できるのなら、私も覚悟を決めてまいります」

「おいおい、本気か？　私はてっきり中部支社での部下育成の手腕を買われての本社からのオファーだと思ったんだが、ＣＳ担当部長では、直接部下を持つことはできないぞ」

「はい。承知しています。ですが、私は大切なものを本社に預けてあるのです。『ＣＳ担当部長以外のポジションであればお断りする』と永田が言っていたと、本社にお伝えいただけますか」

「わかった、わかった。よくわからんが、その通り本社に伝えておくよ。まったく永田さんは変わった人だ」


そんな状態での本社赴任だったため、永田が本社に来たときには、全く人脈がない状態だった。永田は、各役員、部門長の顔と名前、秘書の特性を覚えること、そして、秘書との人間関係づくりから始めた。誰よりも秘書に丁寧に接し、誰よりも秘書に労いの言葉をかけ続けた。永田にとっては、それは努力というよりも日常であった。各部の役員や部長その人を知るためには、周りにいる秘書が感じている役員像・部長像を把握することが、今後の自分のプロジェクトを成功させる為に必須だと感じていたからだ。

そのために、全ての部門に毎日顔を出した。時には他の部に行ったときに、出張帰りの営業マンが買ってきたお土産を頂いて、そのまま他の部門の受付に持って行くこともした。

「永田さん。永田さんにわざわざお持ちいただかなくても」

「いやいや、皆さんお忙しいみたいだから。私は本社に来たばかりだからね。ＣＳ担当部長で部下もいないし、いちばん暇なんだよ」


永田は、そう言いながら部門同士を繋ぐメッセンジャーや頼まれごとをいくつもこなした。そうする中で部門間の温度差や、人間関係を、肌感覚で掴んでいった。

中部支社での営業部時代。面識のない市役所や企業に出入りするときには、まず受付の女性や現場の担当と仲良くなるのが鉄則だということを知っていた。そんな日々を慌てずに行うことが、後々非常に大切になってくるのだ。

まさか、東京の六本木のビルの中で、同じことをするとは、永田自身も考えてもみなかったが。

永田は、月に一度行われている部門長会議に出席するために、あらゆることを準備した。

そこが全ての始まりだと本社に来た時から決めていたのだ。

そんな永田が部門長会議に呼ばれるのは、本社に来てから3ヶ月後のことだった。

部門長会議

月一回の部門長会議は朝から夕方まで丸々一日をかける重要な会議だ。各部門長の最大の持ち時間は30分。

楕円形のテーブルに並んでいたのは15人。それぞれが部門を率いる百戦錬磨の強者だ。神経質そうに眼鏡の奥を光らせている役員がいたかと思えば、体育会系出身なのか、湯気が立ちそうな、いかつい身体を上下に揺らしている部長。逆に、外側からは、表情ひとつすらも読み取れない天才肌のような雰囲気の部長もいる。

15人それぞれが、それぞれに自信を持って、この会議に臨んでいるのが伝わってくる。日本ARKは、優秀な大学の理系の人間が競い合って入社してくる、そんな会社に成長していた。その中でも「私だから、ここまで勝ち進んだ。私だからここにいる。あと一歩で役員になれる、そしてその次は…」という自らの優秀さを疑ってこなかったメンバーがここに集まっている。

永田という人間がCS担当部長として本社に赴任したことは、皆、知っていた。

「CS向上？　今は顧客満足どころじゃないだろう。お客様とのトラブルが続出している時期だ。この四半期の予算達成見通しも厳しい。顧客満足は火消しがすんで、数字の見通しが着いてからにしてほしい。業務推進だか事業改革だか知らんが、現場で起こっている問題の解決、この四半期の目標達成以上に大切なことなどあるものか。名古屋の田舎から来た人間になにができるものか」

そう聞こえるように囁く部長さえいた。

この3ヶ月余り、永田は部門長本人達とはあまり話はしていない。が、各部門長の人物像は、秘書からだけでなく、その部門に属しているメンバーの会話の中から読み取ってきた。各部門長の人となりは、全て頭の中でイメージしてきたとおりだ。ひるむことはない。

(この部門長会議での15分のプレゼンを自分のものにしなければ、山城社長と約束した夢の実現は何年も先に遠のく。いや、永遠に不可能であろう。ここが勝負どころだということだ)

会議開始の時間になった。

「それでは定例会を始めます」

会議を進行する議長である白石社長補佐からの宣言があった。永田は改めて会場に集まった15人の顔を見渡す。定例会はいつも社長の山城のスピーチから始まる。

永田は初めて本社の部門長会議に出席をする。順番は社長のすぐ後、異例の2番手。順番が遅くなればなるほど、時間切れで議題に上がらなくなる可能性もある。そういう状況であるから、発表の順番が会社の重要度と関連があるのは皆わかっていた。この状況に苦虫をつぶしたような表情を隠さない役員もいた。

山城社長のスピーチが終了し、シーンと静まり返った議場。永田は会議室の入り口近くの椅子から、一番奥の発表場所までゆっくりと歩いた。

「初めまして。業務改革推進本部CS担当部長の永田です。本日は、よろしくお願いいたします」

永田の腕時計の分針がカチリと時を刻んだ。

「早速ですが、お客様満足度ナンバー1を目指す。皆さん、この会社の方針はご存知ですよね」

永田はゆっくりと話をはじめた。緊張感は感じられない。

少しも緊張しない永田に、会場は逆に緊張感を増す。

「この会社方針、顧客満足度ナンバー1を皆さん、本当に理解してますか。本気なんですか？」

永田は、さらに落ち着いた様子で、今度は少し怒鳴りつけるような口調になった。

「私は本社に来て3ヶ月間、申し訳ないですが、毎日皆さんの現場に直接ヒアリングしました。ハッキリ申し上げますと、お客様満足度に関して現場も管理部門も誰も重要視していない。少なくとも私には、まるで本気に見えなかった。ここにいる皆さんも、結局は部下に対して目先の数字と業績しか追求してない。これが実態ですね。こんなことで、この会社方針を本気で実現できると思いますか！」

永田はそう言うと、睨みつけるような雰囲気で会議室にいる全員の目を見まわした。

「皆さん一人ひとりがどこまで本気かを、部下は見ています。部下は言葉ではなく皆さんの本音を読んでいますよ。皆さん自身も、若い時どうでしたか？　上司の言葉より、上司の本音はどこにあるかを探ったでしょう？　皆さんの部下だって同じです。うちの社員は優秀ですから空気を読む、本音を読むという力は優れてます。何を言いたいか、おわかりいただけますか？　皆さんが本気でない限り、部下もお客様満足の実現なんか一切、本気で考えません。皆さんが本気にならないと、一生かかっても絶対に実現できないんです」

時計の分針がカチリと刻まれる。最初、ふんぞり返っていた役員が机に乗りだし、前のめりになっていく。もちろん全員ではない。まだ事態を冷静に見守っている部長もいる。

永田はその場に少し希望を持たせるような感じで、話を続けた。

「お客様から、世の中から、あの会社は本当に立派な会社だ。社員も真摯でお客様のことを本当に考えてくれる素晴らしい会社だ、と言われるような会社にしたいと思いませんか？　そう思ったことは、一度もありませんか？」

そして静かに会場を見渡すと、大きく息を吸い込んで自分自身の熱量を膨らませる。

「私はしたいんです。私はそういう会社にするために、中部支社から本社に来たんです！」

そう言い切ると、永田は握ったこぶしを机に叩きつけた。

ドン!!

会議室が震えるくらいの勢いであった。最後まで横を向いていた役員が、机に置いた両手をビクりと空中に持ち上げ、気まずそうにゆっくりと机に戻した。その一部始終を冷静に目の端でとらえている永田がいた。

会議室の空気が徐々に「本気」という空気に塗り替えられていった。社長の山城がおもむろに立ち上がった。

「永田さん。ともかく、一緒にやっていきましょう」

そう言うと、社長自らが永田に拍手を向けた。その瞬間を待っていたかのように会議室は拍手に包まれた。全員が賛同したわけではないが、ここでの社長の拍手に続かない部門長は、さすがに一人もいなかった。

永田はこの最初の衝撃に賭けていた。静まった議場に衝撃を与えて、場がどうなるかを読みたかったのだ。一種の賭けである。

こうして、業務改革CS担当部長、田舎侍のデビューは華々しく飾られ、のちに語られる山城と永田の社内改革がここからスタートすることになった。

1章　本気のワンオンワンミーティング

会社の資源

社長の山城のスタンディングオベーション的な拍手に支えられ、その後も承認の大きな拍手で終えられたスピーチ。まずはよいスタートが切れた。

部門長会議のスピーチで業務改革を行うことに本気だという宣誓をした永田だが、その顔にはすぐに冷静さが現れてきていた。

これからが本番だということは永田自身も重々承知していた。

部門長会議が終わったすぐあとに、永田は山城とのアポイントをとった。社長と常に同席している白石補佐には、いつものように席を外してもらうよう山城に願い出た。

「さすがのプレゼンだったよ。業務改革CS担当部長の永田さん。あなたが机を叩いた時、丸山常務は目を丸くして必死に落ち着こうとしていたね。あの姿は、僕は一生忘れないかもしれないなあ」

山城は、自分の目に狂いはなかったという眼差しで永田をむかえた。

「山城さん、プレゼンの最後に拍手の後押しまでいただいて、ありがとうございます。これで少しはCS向上についての本気度は伝わったとは思います」

「とは？」

「はい、まだ伝わっただけですから。ここから、どう具体的に変革を起こしていくかが勝負だと思っています」

「そうですね。でも、みんなはビックリしたんじゃないかなあ。今までのCS担当部長で、机を叩いたのはキミが初めてだし、そもそも部門長会議で机を叩くシーンなんて、今後もないと思うね」

山城は、そのシーンを何度も思い出して面白がるような表情を見せた。

「はい。インパクトはもちろん計算していました。しかし、インパクトだけでは人は動かないのを山城さんもご存知だと思います。成果を出すには『そのことに、どれだけ時間を使うか』ということに尽きると思います。物事の本質はいつもシンプルです」

「もちろんそうだ。どうもうちの連中は売上目標に真面目でね。私が言わなくても勝手に成果を上げようとしてくれるのは嬉しいんだが」

「はい。ですから、会社方針である『顧客満足ナンバー1企業』を語る時間の質と量が必要です。そのあとは、現場でＣＳ向上について何をやったのかの定量評価が必要です。今までのように、やったやったと報告させるだけでは、粉飾したレポートが出来上がってくるだけです。アーティストが描く綺麗な彩（いろ）のある絵のような報告書ですね。それでは今までと変わりません。山城さんには、そこをしっかりと突っ込んでもらいたい。実態を把握していく仕組みが必要なんです」

山城は、わかっているという風に、ゆっくりと目を細めた。

「永田さん。次にキミが狙っているのはワンオンワンミーティングなんだろう？」

永田はなんのことか？　という風に、とぼけてこう言った。

「今後、折に触れて、各役員、部長、マネジャーと会話をする度に、具体的にＣＳ向上についてどうなっているのかを、会話に入れてください。山城さんが声をかけた回数と、かけた時間が本気として相手に伝わると思っています。私は社長ではありませんから、どのようにするかは、山城さんご自身がお考えください。私は周辺を整えます」

時間にして5分程度の会話だっただろうか。山城は永田の「ご自身がお考えください」という言葉に、「こいつめ」と思いながら話を聴いていた。

社長室の扉からノックの音が聞こえた。永田が振り返ると、秘書が社長を呼びにきていた。社長のスケジュールは秘書にしっかり聞いてある。午後は三ツ星物産との物流システム会議に出かけるはずだ。

日下部秘書は、機嫌が良さそうな山城社長の様子を確認すると、目を少しだけ細めて永田を見た。

「お車の用意ができています。白石補佐は既に車に乗車されていますので、本日の会議の資料は全てお持ちです。そのまま、お車までお願いいたします」

永田は社長室を出ると、社長をホールまで見送った。秘書が先にエレベータに乗り、山城があとから乗り込む。エレベータが閉まる瞬間。秘書が小さく永田に頭を下げた。永田はエレベータを見送りつつ、次の算段をしはじめていた。

ワンオンワンミーティング

コンコンコン、コン。と、外資系企業らしく世界共通の4回ノック音がする。

社長とのワンオンワンミーティングに第二営業部の佐賀部長が社長室を訪れたのだ。山城の近くにいた永田は、ノートに貼ってある黄色いポストイットを確認すると、目で「お願いします」というように合図をしてから、社長室の壁の端に離れて身を置いた。広い社長室である。壁の端にいれば、よほど耳をそばだてない限り会話は聞こえてこない。

日本の上場企業で、社長と部長とのワンオンワンミーティングを実際に行っている会社は殆どないと言ってよいだろう。

分単位でスケジュールを入れている山城にとって、ワンオンワンミーティングの時間をとることの難しさは計り知れない。この時期になると秘書が必死にスケジュール調整をしていることを見ても、その大変さは伺い知れる。部長が15人いれば、3ヶ月毎に15時間。年間では60時間。秘書も社長補佐も入れないワンオンワンであるから、非常に集中を要する時間となる。しかし山城はどんなに業務が多忙であっても、ミーティングを延期したことは一度もなかった。山城にとって、四半期毎に一人1時間のミーティング時間を死守する、ということには重要な戦略的意味があったのだ。

一方、面談の相手にとっては、3ヶ月に一度しかない貴重な時間である。直接、社長に部門の進捗を理解してもらい、予算の確保や自己アピールができる時間だ。必然、真剣勝負になる。

社長にとっては、日々の対外的業務や、戦略的な業務、重要なミーティング等をこなしながらの時間になる。だから、多くの上場企業ではよほどの強い意志がないとワンオンワンは続けられない。

山城曰く

「基本は相手が話しているから、私は聴いているだけで、気になったところを2、3質問するくらいだからね」と。

嘘である。相手の前回までの報告と、その行動の結果と、言っていることに違和感がないか、1時間、常に意識を集中してアンテナを張っていないと、質問の糸口さえ出てこない。相手は営業のプロだからだ。前提として、言いたいことを言い合えるという、いかにも外資系の会社らしい風土はあったがその上で「本音で相手に接していく」というのがこの山城という社長の流儀であったし、この会社の文化になっていた。

「面談は真剣にはやってるけど、真面目にやっている感じはないなあ」とうそぶくのが山城らしいといえば、らしかった。

日本ARKでは、社長も役員も40代~50代の現役世代であった。外資系会社の社長は1分1秒のハードワークが当たり前であったから、社長も役員も若くないと務まらない。そのため、日本ARKでは、役職者も全て「さん付」で呼んでよい、むしろ「さん付」で呼ぶというルールがあった。「成果実績は最大限評価するが、人としては役職や年齢を問わず、フラットに接する」という風土、それが日本ARKの良さでもあった。

本音のワンオンワン

日本ARKも大企業になり、コンピュータメーカーから、システムコンサルティングという側面が強くなりつつあった時代。しかし、システムやコンピュータを売る販売会社であることには間違いがなかった。そのためミーティングに臨む部門長である彼らは、部門の販売実績や販売に繋がる成果をなるべく良く見せようと資料を作ってくる。時には、何十枚にも及ぶその資料報告をじっと聞くのが、山城のミーティングの多くの時間を占めることになっていた。

その事実を知っていた永田は妙案をひとつ山城に授けた。最初の話の切り出し方である。永田は話の切り出しのセリフをそのままポストイットに書いて、山城に渡しておいたのだ。

そして、いよいよ佐賀部長とのワンオンワンミーティングがはじまった。

冒頭、山城はこう切り出した。

「今回は、顧客満足向上と従業員満足向上の取り組みについて話を聴きたい」

佐賀部長は一瞬目を見開いたが、すぐに気を取り直して苦笑いをしながら、切り返す。

「CSとES向上の進捗ですね。今、お客様アンケートの過去の資料を見直しているところです。もう少々お待ちください。それよりも、先日の大口案件の受注見込みについて、こちらの戦略を立てました。そのシミュレーションについて、今回はお持ちしたのですが、ＡＢＣにわけて施策と結果をまとめたのが、この表です…」

山城社長と佐賀部長が話している内容はわからなかったが、やりとりの雰囲気からして永田は自分の読み通りだったことを感じていた。部門長会議の場では会社を変えようとしていた部長も、現場に帰れば、上からも下からも成果を求められる。必然として、１ヶ月も経てば、日々の業務に忙殺され、ＣＳ向上の取り組み順位はあっという間に下がるはずだ。

永田は、そう読んでいた。

米国本社は株主優先だ。四半期毎の成果目標を曲げることはない。中部支社で働いていた時、永田の上司や支社長ですら、四半期毎の売上目標達成には、いつも躍起になっていたからだ。

永田は、壁沿いに立った姿勢を崩さず、気配を出さないように視線だけを山城へ向けた。

山城は、佐賀部長の報告を聞いて、途中いくつか質問をしてはいたが、次のページをめくろうとした佐賀の資料の上に突然手を出して、佐賀部長の動きを制止した。

「佐賀さん。売上の報告と今後の戦略については今までの説明で十分理解した。その件は、そのまま進めてくれて構わない。ＣＳ向上の取り組みについては、過去のアンケートを集計していると言ったが、過去の集計結果は既にまとまっている、と私は他の部門から聞いている。違うかな？」

佐賀の背骨に電気が走った。これまで山城社長から話を途中でさえぎられた記憶が佐賀にはなかった。山城独特の優しい言い方だが、資料の上に手を出されてプレゼンを止められたことに佐賀は目を白黒させた。

「集計結果を踏まえたその上で、今後どのように従来から行っているCS向上に部門として貢献していくのか、ES向上の取り組みの現状も踏まえて、その具体的取り組みについて、佐賀さんの意見を聞かせてください」

（これは、本気だ）

佐賀は、相手の真剣さを読み切れなかったことに後悔をし始めていた。

ワンオンワンミーティングはまだ30分以上時間がある。販売戦略についてはそのまま進めてよい、という社長。CS向上についての具体的な取り組みの資料は今回は作成していない。そんな資料が全くない状態で、今後の取り組み方針を語れ、と言われたのだ。

その後の30分のミーティングは、正直その場しのぎの回答になった。佐賀は、冷や汗びっしょりになり、何度も何度もハンカチであごの下の汗を拭った。

そうして、ようやく1時間のミーティングが終わった。

「佐賀さん、今日はあなたの本音が聞けてよかったよ。次の四半期のミーティングまでに今日話してくれたことはぜひ具体的に進めてください。楽しみにしています」

「かしこまりました。本日は資料不足で申し訳ありません。次回までに具体的なCS向上の施策を用意して参ります。本日はありがとうございました」

社長室から出ていく佐賀は、意味ありげにチラリと永田に視線を向けた。

永田は社長室の外に佐賀をお送りするという自然な感じで、佐賀と一緒に社長室を出た。

入れ替わりに、時計を見ていた秘書と社長補佐が、空いた扉にノックを4回すると、入っていった。

エレベータまでの絨毯を同じ方向に歩きながら、佐賀は永田に独り言のように話しかけた。

「永田。お前だなあ」

「何のことでしょう？　あ、今回の従業員満足度の外部調査の結果が出てきましたので、机の上に置いておきました。外部調査員に『一部、従業員満足度調査に気になるコメントがある』と言われましたので、ご確認お願いします」

佐賀は歩みを止めて永田を振り返り、今度は独り言風ではなく、直接永田の目を見て話しかけた。

永田も真正面から佐賀に対面する。

「俺は、永田さんのことがよくわからん。真剣なのかふざけているのか。営業の現場上がりの割にはギラギラ感もない、かといって偉そうな感じもしない。お前はいったい、何なんだ？」

「私は、日本ＡＲＫをいい会社にするために本社に来ただけです。佐賀さんと志は同じです」

佐賀は、永田の言葉をはかりかねて口をつぐんだ。佐賀は自分がどんな表情をしたらいいかもわからずに、エレベータに乗り込んだ。

永田は深々とエレベータに頭をさげた。

衝撃の変容

ワンオンワンミーティングから佐賀が帰ってくると第二営業部はざわついた。いつもと違う苦渋に満ちた表情を読み取った課長の駿河は、課員の顔を見渡すと「俺が行ってくる」と言わんばかりに、すぐに第二営業部の部長室のドアを叩いた。

コンコンコンコン

「失礼します。駿河です。佐賀さん。お疲れ様でした。浮かない顔をしていますが、ひょっとしてあの大口案件の戦略が容認されなかったのですか？　完璧な資料だと思いましたが」

佐賀はいつもの営業スマイルを顔に貼り付けることもやめて、真剣に考え込んでいた。

「ああ、駿河か。大丈夫、その提案は通ったんだ。なので、よほどのミスがなければ、次のクオーターの売上目標は達成したも同然なのだが…」

佐賀と駿河は同期入社だった。二人とも第二営業部のホープであった。公共通信網の入札ラッシュだった頃には、東北通信の基幹システムの受注を駿河が獲得してくると、関東管理局の大口案件を佐賀が取りまとめてくる。など、一進一退のライバルであった。

営業としては一流の駿河だが、マネジメント能力には差があった。それは佐賀の人心を読む力に大きく左右されていたと思える。生まれ持った風格の差もあるのだろう。

佐賀が部長に昇格し、二人のライバル関係は変化した。

メイン戦略を佐賀が立て、その実行内容や部門間の様々な調整を駿河が行っていく二人体制ができていった。そんな関係性の二人であるから、二人の時は、つい佐賀も気が緩む。

「佐賀さん。売上目標が達成確実な顔にはどうも見えませんね。なにか、叱責を受けられたんですか？」

「そういうわけでもないんだ。だが叱責よりも、正直、堪えたのは事実だな」

佐賀は疲労と戸惑いを隠さずもせず、ワンオンワンミーティングであったことを、あまり自分の解釈を入れないように駿河に話をした。

「あの山城さんが、途中で戦略資料の説明を遮ったんですか！　それは衝撃です」

「だろう。もちろん、そのあとは私の頭の中にあるCSとESのアンケートのまとめや、今後の課題などを思い出せるだけ、話をしたんだが、確証がないまま話をするのは、正直冷や汗をかいたよ」


駿河は、あごに手を当てながら佐賀の話を聴いていた。駿河は本気で考えを深めようとするときに、あごに手を当てる癖がある。


「それは、ことですね。それで、山城さんにはどんな約束をしたんです？」

「まず次の四半期目標の中に、部門としてCS向上目標の具体的行動プランを入れること。その定量評価を次のワンオンワンミーティングの1ヶ月前までにまとめておく、ということだな」

「部長、では実質2ヶ月で具体的行動案を実行しなければならないということですね。それは、うちの部門だけの話なんでしょうか？」

「いや、違うと思う。先日の部門長会議の話はしたよな。業務改革推進本部のCS担当部長の永田が見事なプレゼンをしたやつだ」

「はい。聞きました。永田さんはよくこの部署にも来ているんです。何か目的があるという感じでもなく、いつも空気のように来て女性社員などに話しかけています。最近では「CS担当部長が来た」という緊張感は部内では薄れていますが、気をつけた方がいいですかね」

「うむ、それがよくわからん。最近の山城さんも、あの永田も、私には心の内が読めないんだ。相手の心情変化を見つけるのが、私の仕事なのだが、カンが鈍ってきたのか、よくわからん」

「カンは鈍ってないでしょう。今回の資料の大口案件だって、佐賀さんが先方に出入りできる突破口を作ってくれたから進められたんです。よく先方のシステム導入の裏目的を聞き出せたものだと、私も驚いたくらいです」

「私のカンが鈍ってないとすると、逆に相当にやっかいだな。打ち手を間違えると、他部門にあっという間に評価を持っていかれるかもしれない」

佐賀は駿河に話をしながら、だんだんと心が決まってきたようだった。表情も普段通りに戻ってきている。それを見た駿河は少しホッとした。

「駿河、ＣＳ向上についての部門としての具体的施策案だがね。トップダウン型ではなくて、ボトムアップ型で資料をまとめた方が良い気がしてきた。さっそく現場の課員を集めて各顧客のパーパス（目的）とクレーム内容を集めてくれ。1社について1人ではなく、必ず2人以上の意見を出すように指示して欲しい。できるか？」

「もちろんです。佐賀さん、調子が戻ってきましたね。加えて、他部門の動向と、永田さんについても、もう少し情報収集してみます」

佐賀は、話が早いというように頷いた。

「あと、永田さんから渡されたＥＳの外部評価のアンケート調査結果も、僭越ですが私が目を通して、概要をまとめておきました。厳しいコメントがありました。ＣＳ向上だけでなく、ＥＳにも取り組む必要がありそうです。あとでご確認ください」

そう言い残すと駿河は「失礼します」と丁寧に頭をさげ、部長室を出ていった。

佐賀がまだしばらく考えに耽っていると、デスクの直通電話が鳴り響く。

「第一営業部の奥だ。佐賀さん、ワンオンワンミーティング散々だったそうじゃないか。どういうことだい？」

駿河の部門間調整能力は素早い。もう既に各部と情報を共有しはじめたのであろう。その日、佐賀はそれ以降、各部長からの同じような電話を6本も受けることとなった。

六本木のビルの窓からの景色が夕日を帯びてきている。

「長い一日だったような気がする。山城さんのあの変容は、本当にあの永田というたった一人の男の仕業なのだろうか」

あごに手を当てて夕日を見ながら、佐賀は独り言のようにそう言った。

やる気6分の1

1ヶ月後、永田にとっての2回目の部門長会議が終わったすぐ後のことである。

永田は社長室に入るや否や、山城社長に「社長補佐の白石さんに席を外すように伝えて欲しい」とまずは切り込んだ。

白石補佐はいつも社長と一緒にいる存在だ。秘書的な役割はもちろんだが、社長が知りうる情報を全て知っているのが補佐の役割だった。会社の全体を知る役員になるには、社長の動向を全て知っておかなければならない。社長補佐と言えば聞こえが良いが、実際は役員として適正かどうかの評価が毎日のように続くシビアな人事とも言える。

その補佐役である白石も、毎回毎回、席を外すように言われるのは、正直、面白くないはずだ。しかし、永田はそんなことは気にしない。白石補佐が社長室を出ていくやいなや、永田は山城に向かって、まるで部下を諭すかのような雰囲気で話し出した。

「山城さん。話をしてもよろしいですか？　『私は、やる気があるという言葉は信じません、私は時間で評価します』と、以前お伝えしたことがあると思います。山城さん、どれだけやるかです。やる気があるとは、口ではなんとでも言えますよ。部下にも何度もそうおっしゃっていますよね。改めて認識してほしいのですが、会社にとっての一番の資源はなんだと思いますか？　社員？　違います。社会的信用？　違います。

どちらも大切ですが一番ではありません。会社にとっての一番の資源、それは『社長の時間』です。その社長の時間を何に使うか、投資するか。それが社長の本音として全社員に伝わるんじゃないでしょうか」

永田は、部門長会議のことを言っている。それぞれの部門の進捗や問題を協議し、プロジェクトの進捗や、課題のあぶりだしや解決策まで検討する重要な会議だ。

一人の持ち時間は基本30分だが、議題の内容によっては、決議を出すのに時間がかかり、結果、最後の議題になると大幅に時間が削られてしまう。そのため、議題の順番は、社長からの決済をすぐにもらいたい部門の熾烈な争いになる。部門長会議で決議されなければ、次の部門長会議まで1ヶ月判断が遠のくことになるから、部門をコントロールしている部門長にとっては当然のことだった。

今回、航空システムトラブルの報告と改善が、最初の議題に入ってしまったのも間が悪かった。航空システムは、グランドスタッフが主に使用する予約システムと、航空運行システムに大別される。そのシステムの顧客予約管理システムの部分を日本ＡＲＫが請け負っていた。新しくなったシステム内で散々シミュレーションをし、実際の窓口業務で問題なく稼働することが確認できたので、最終テストとして、運行システムとの連動試験を行ったのが先日。

そこで、システムトラブルが発生した。あわや航空運行システム全体に及ぶかもしれない重大なトラブルであった。

山城は翌朝すぐに航空局に呼ばれて、システムトラブルの状況と、お詫びに当たった。

そのすぐ翌日が、部門長会議であった。山城も担当部門もほぼ徹夜状態であった。

そしてプログラムそのものを制作した会社の役員もその会議の場に呼ばれ、事情を話すことになっていた。こうした諮問会議のような形式の会議も部門長会議で行われることがある。

原因の究明と再発防止策。その上で今後の対応をフェーズ毎に見直すのであるから、時間がかかった。

最初の議題で1時間以上も時間をとられてしまったが、その会議の進捗の様子を淡々と管理しているのが白石社長補佐であった。

「次、人事部20分でお願いします」
「財務部は、決算直前なので30分で」
「法務部は、15分。債務部も15分で」

次々と時間を配分しながら会議が進む。各担当は額に汗をかき時間内に報告を収めていった。

そしていよいよ永田の番がやってきた。順番は最後から2番目になっていた。

白石社長補佐は、当たり前という顔をしながらこう言い放った。

「業務改革推進本部は、5分でお願いします」

前回のスタンディングオベーションのプレゼンとは打って変わって、各部長の『ご愁傷様』という視線の中、永田の登壇になった。

永田は用意していた資料は一切使わず、来月のお客様満足度アンケートの実施計画と、従業員満足度を測るESアンケート結果について淡々と述べるに留めた。

この会議が終わった直後、永田の社長室訪問である。社長室では、山城と永田が向き合っていた。

「山城さん、結論から申し上げます。次回からCS推進本部の発表は、社長のスピーチの次にしてください。次回も、その次もです」

山城は首を縦には振らない。

「社長のやる気は時間だと、私は事前にお伝えしていました。もともとの、私の持ち時間は30分ですから、今回の5分ではっきりしたことがあります。社長のCS向上にかけるやる気は、たった1ヶ月で6分の1になったということです」

永田は第1回のプレゼンと同じような熱量で、今度はたった一人、社長の山城にプレゼンをしていた。

「経営は会社の資源をどこに振り向けるかにかかっています。会社の資源の一番は社長の時間です。その資源をどこに振り向けるかのプライオリティーで結果が決まります。私の役割は、社長の時間をいかにCS向上に費やせるようにするかです」

今度は、山城も最もだという風に頷いた。しかし、会議の順番については、まだ承認はしていない。

「もちろん、私もただ、お願いに来たわけではありません」

永田は少し、雰囲気を変えて、今度はゆっくりと丁寧に話をしだした。

「来週、社長から全社員向けのビデオプレゼンが予定されていると思います。そこで、顧客満足委員会の目標設定、マイルストーンを宣言すると伺っていますが、山城さん、そのプレゼンを私に構成させてくれませんか？　そしてもし、社内評価のフィードバックアンケートで社長自身が過去最高点を取れたら、次回から部門長会議での私の発表を一番にしてください」

山城は一言だけ、こう答えた。

「過去最高得点か。面白い。わかった。約束しよう」

このあと山城は永田のプレゼンの猛特訓を受けることになる。山城は、永田の『プレゼンを構成する』という言葉の意味を深く理解していなかったのである。

1万人を動かす

日本ＡＲＫという会社は、全国に支社を50以上も抱える巨大コンピュータ会社だ。窓口となる営業マンは全国で1万人。それぞれの地域で活躍している。コンピュータシステムの会社であるため、バックオフィスのシステム統合も他企業よりも進んでいた。

一方、ＡＲＫ米国本社は、アメリカの政府機関などにも深く関わっている大企業だ。ＩＴ企業は元より、エネルギー、航空、金融、公共事業団体などあらゆる分野に製品の導入実績がある。

民間企業でありながら、公的な事業の内容を扱うことが多いため、社内倫理コンプライアンスの遵守は必須だった。

同様に日本ＡＲＫでも、内部の分析評価制度、外部機関によるアセスメント、さらには日々の小さなフィードバックアンケートまで、様々な評価システムが存在している。コンプライアンスや評価を意識するのは、外資系の特徴的なところである。それは、社長である山城に対してでさえ、全く同等に行われているのだった。

月初、社長からの方針発表が全国の支店に配布されるとすぐに、その場で一万人にアンケートが実施される。そして、数日中には、その結果がフィードバックされる仕組みになっていた。自由な気質の社風とも言えるが、お互いをしっかり評価しあっている独特の文化とも言える。

「我が社の顧客満足度向上の取り組みは、既に今までも取り組まれてきたことではありますが…」

社長室では、ビデオカメラに向かって何度もプレゼンの練習をする山城の姿があった。

「山城さん。良くないですね。声のトーンは3回前のやつを。表情は1回目が一番良かったので、その組み合わせで今のところをもう一度やってください」

山城は永田に言われるがままに、3回前の少しハリのある声のトーンを実行しながら、1回目の表情で原稿を読み直した。

「まあ、まずはこんなものでしょう。山城さん、手の表情を忘れています。声だけなら練習すれば、誰でもできるんです。ビデオでは、リアルに会うより、よりリアルな状況を伝える必要があります。それには、手の表情が必要不可欠だとお伝えしましたよね」

永田は山城に容赦がなかった。山城は深く息を吐き出すと、こう言った。

「永田さん。私はあなたではないんです。あなたはそりゃあプレゼンが上手でしょうが、そんなに言うなら、いっそあなたにやって欲しいくらいですよ」

永田は山城の泣き言の部分は聞かなかったことにして、こう言った。

「わかります。しかし、あなたが社長なんです。重々おわかりかと思いますが、何を言うかではなく、誰が言うかが大切です。日本ＡＲＫの代表の山城社長が伝えることで1万人を動かすんです。わかりますか。わかりますよね？　おわかりいただけたら続きをお願いいたします」

山城は前回の部門長会議のあと、永田の直談判をうけて、今回の方針発表スピーチの『構成』を永田に任せたことを後悔し始めていた。

通常、方針発表の社長スピーチは粗下書きが既に用意されていて、山城はそれを自分の言葉に置き換えれば良いだけだった。話し方の間や表情は、山城の自然体でできていたのだ。

しかし、今回は違う。永田に構成を任せたので、素案に対する原稿が上がってくるとは思っていたが、その原稿が思ったものとはまるで違った。なんと一言一句、まさに舞台の脚本のように、注意点まで細かく書き込まれた分厚い台本が山城に手渡されたのだった。

「山城さん、一応、練習はしていただいていたようなので、内容が飛ぶことはないですね。黙読20回の音読10回。そんなところですか」

山城は、スピーチをするときに自らに課していた練習回数を、そのまま言い当てられて驚愕した。外で誰かに話をした記憶はない。

「今日は、彫刻で言うと、粘土の塊から必要ないと思われる部分をナイフで切り出した感じです。私がいいと思ったところは土台としてそのまま残しますので、忘れないように何度も練習してキープしてください」

山城は額の冷や汗を拭った。

「では、今日はここまでにしましょう。私が今日、残すといったところは、しっかりと練習してください。今日触れていないところは、次回さらにディテールを詰めていきます。そこは、ご自身でも数パターン練習してください。次回、手の表情までつけたら、今度は少し歩きます。固定映像では、議員のテレビ演説と一緒で、伝わりませんからね。あ、念のためお伝えしておきます。私はどんな発表でも、毎回最低１００回は練習してました」

山城は、まだまだ道半ばであると知って、やれやれと目の前が暗くなった。

「それでは、次回までにしっかりと練習をお願いいたします」

そう言うと永田は、社長室をあとにした。すれ違った秘書の日下部が困惑した山城の顔を見ていつもに増して楽しそうに笑っていた。

特訓

大きな三脚にカメラが備え付けてある。山城はどうもこのビデオ撮影という形が苦手だ。リアルな相手がいる会議や、ワンオンワンミーティングであれば何時間であっても、集中力が途切れることはない。リアルな場は、柔道や空手の組み手のようなものだと山城は思っていた。組み手の相手がいれば、その場その場で自動的に自らの身体が反応して動くのだ。しかし、ビデオ撮影は、柔道や空手に例えると型の練習のように感じていた。実際に相手に触れたり掴むことはできない。ビデオでは相手の息遣いや目の表情が読めないからだ。

「山城さん、全くダメですね。カメラを見ながらカメラを見ない、と何度もお伝えしているのですが」

容赦なくダメ出しをするのは、もちろん永田だ。

「カメラは見ていいんです。むしろ話しているときには、カメラから目をそらしてはいけません。

ただ、カメラのレンズ表面を見るのではなく、その奥をしっかりと覗いて話してください。山城さん、人と話すときに、相手の目の表面レンズを見て話してますか？　違うでしょう、目の奥を見ているはずです。それと同じです」

山城は眉間にしわを寄せる。

「ふう、永田さん。ここまでやらないとダメかね。もうあまり時間もないし、正直ビデオに向かってのスピーチは、得意じゃないんだよ」

山城は今までは通し録画を3回行って、その中で一番良いものを社内向けのメッセージとして各部に配付していた。それでも多忙な業務の中で精一杯の時間をかけてやっていたのだ。

「はい。ダメです。社長たるもの、このくらいやっただけで、得意じゃないなんて言い訳は聞きたくありません。時間がない、これ以上やりたくない、いいでしょう。その方が簡単です。でも、それでは社長は、この会社をいい会社にしたくない、と諦めたということになります。社長の方から『一緒にいい会社にしないか』と、私をわざわざ本社に呼んだんですよね。それをお忘れなく」

そう言い切って永田は優しく山城に微笑んだ。もはやどちらが上司かわからない。知らない人が見たら、明らかに永田の方がボスに見えていただろう。永田がダメ出しをする。山城が泣き言を言う。永田が譲歩せずピシャリとそれをはねのける。

「山城さん。何度も申し上げて恐縮ですが、物事はシンプルです。どれだけ優先順位をあげて時間を使うかです。多くの企業トップは、間違いなくスピーチトレーニングにあまり時間を割いていないんです。優先順位が低いからです」

山城は、しぶしぶ頷いた。

「そして山城さんは、今、こうやって時間を使っています。なぜでしょうか？　会社を本気で変えたいからです。変えたいところに時間を使うと決めたからです。それを私と約束してくれたからです。だから、今、山城さんはカメラに向かっているんです」

静かに、しかし熱量を込めた永田の眼光に射貫かれて、山城はついに肩を揺らして笑い出した。

「かなわないなあ、永田さん。今の、永田さんのスピーチは最高だよ。泣き言は言わせてもらうが、やる気は出てきた。さあて、もう1回やるか」

永田は録画テープを回すふりをして、実は回していなかった。そして、もう1回やるかと山城の目が光ったところで、実際に録画ボタンを押した。そこから1時間余り、永田は、カメラの横で、頷きながら身振り手振りで山城に指示を出し続けた。その姿は脚本家であり、監督であり、プロデューサーにも見えた。

作成されたビデオメッセージは全社に配付され、すぐさまアンケートが実施された。無記名だがコメント欄にメッセージも残せる形だ。

後日、永田は山城に、アンケートの集計結果を山城に手渡した。はたしてアンケートの集計結果による評点は、今までで一番の高得点だった。それにも増して、コメント欄の記入率も今まででで一番だった。

「部門長会議の順番、お約束お守りください」と、永田は山城に伝えた。

アンケート結果を嬉しそうに何度も読む山城とは対照的に、横にいた白石補佐が迷惑そうに、その内容を確認していた。

結果、このビデオは、新年度の社長メッセージのビデオとして、異例の再生回数を記録することとなり、永田との約束のために始まった山城社長へのプレゼントレーニングは、この後も定期的に行われることになった。

2章　失敗の連続

チャンスの要求

時は遡り、永田が日本ＡＲＫに入社した頃の話である。

研修センターの会議室で、入社間もない新入社員の永田はセンター長に向かって、熱弁を奮っていた。

「私は、入社してまだ3ヶ月です。営業がやりたくてこの会社に入りました。まだ実際の営業には出ていません。たまたまコンピュータの知識が同期から劣るだけで、どうして営業に向いてないと判断できるんですか？」

真正面から、論を展開する永田に対して、自分では対応しきれなくなって、センター長を呼んだ研修担当者が、横で呆れたように永田を見つめる。

「もう一度チャンスをください。たまたま、まだ十分にできていないだけなんです。日本ＡＲＫが、わずか2、3ヶ月で人間を判断するというのは、私には正しいと思えません」

研修センターのセンター長は、今までもいろいろなタイプの新人と渡り合ってきているのだろう。永田に対して、静かにこう諭した。

「確かに永田さんの言うことも、もっともです。しかし、試験の成績は変えようがない。あなただけ特別というわけにはいかないんですよ。サポート部門で働くのも、決して無駄なことではないと思いますが」

サポート部門というのは、文字通り営業マンをサポートする部署だ。新入社員である永田は、営業の補佐や法務には興味がなく、研究開発部門にも、そもそも関心がなかった。

「私は営業がやりたいんです。人の成長スピードは千差万別です、成長スピードだけ見れば、劣っているかもしれません。しかし、私にはまだまだ問題を解決していく余地があります。もう一度、試験を受けさせてください」

研修担当が口を挟む。

「永田さん。先月もそう言って再度試験を受けましたよね。センター長、彼はもう既に再試験を受けているのですよ」

「ほほう。2回受けて、さらに3回目を受けようとしているのかい？」

永田は悪びれもせずにこう言った。

「はい、そうです。1回目よりも2回目の方がはるかに点数は上がったはずです。次回も必ず点数はあがります。試験の点数に下駄をはかせてくださいというお願いではないんです。もう一度チャンスをください、と申し上げているのです」

「じゃあ、もう一度だけチャレンジしてみますか。そろそろ後半の研修も始まりますし、後半の研修をこなしながら、業務知識を勉強することになると、永田さん自身が大変だとも思いますが、それでもいいですか？」

永田はセンター長が言い終わる前に、既に頭を深くさげていた。

そして、ゆっくりと頭を持ち上げると、満面の笑みで答えた。

「機会をいただき、ありがとうございます。必ずご期待に応えます」

担当はその二人のやりとりを聞きながら、手の平で自分のこめかみと目を覆うと思わずつぶやいた。

「お前というやつは…」

首の皮一枚で繋がった研修センターでの研修だが、永田本人は「何も間違ったことは言っていない」とばかりに胸をはっていた。

起死回生

日本ＡＲＫはもともとオフィスコンピュータの会社だ。物理的なマシーンや電気制御を伴うビジネスのための機械を製造販売してきたが、昨今のコンピュータ需要の拡大によって、企業は電算化を進めてきている。多くの企業で電算部が設けられ、顧客データの管理から、売上データ、受発注処理まで別々に処理していたデータを紐づけ、統合的に管理する必要が急激に高まっていた。

本国アメリカでは、ＡＲＫの名刺を持っていれば、政府の機関でも、どんな大手の会社でもどこにでも入れると言われるくらいの信頼を築き上げていた。

日本ＡＲＫの、他の大手企業にはないフラットな組織風土と、実力主義の社風が理系エリートの若者の心を引き寄せたのだろう。多くの若者が、一番の営業を目指すために日本ＡＲＫに集っていた。しかし、大学そのものにシステム構築に関する授業が少ない時代であったから、よほどのコンピュータ好きでもない限り、コンピュータの知識を学生時代に十分に持つことは難しかった。

そんな日本ＡＲＫの新人研修は半年近くに及ぶ。研修といえば聞こえは良い。実態は毎日の研修が配属先を決めるための実地試験だ。と、いうことは、受講している側も研修している側も、織り込み済みの研修であった。

研修前半の業務知識研修は主にコンピュータの知識に関するもの。そこまでコンピュータに明るくない永田にとっては分が悪い。ここが最大の難関でもあった。永田はその試験を3回も受けた。3回目の試験の結果はほどなくして出た。点数は上がっていたが、またもや合格ラインに達してはいなかった。

この時点で、日本ＡＲＫの花形部署である営業部に配属されることは、絶望的であった。

後半の研修は、営業マンに必須の論理話術が中心であった。お客様へのプレゼンテーション、課題を与えられた会議のファシリテーション、お客様からのクレームに対する解決案を導き出すセッションなどであった。

前半と打って変わって、永田はここで真価を発揮する。学生時代から、場を見通す力は培っていた。大学時代、ゼミの大学教授とのやりとりでも「永田、お前にはかなわないなあ」と言わせるほどの論客でもあった。

さらに、人前で話せない自分を改革するため、高校時代に取り組んだ修行が血肉になっていた。

「永田さん、先ほどのプレゼンすばらしかったですね」

そう声をかけたのはインストラクターの矢部だった。

「永田さんは、前職はどのような職種だったんですか？」

永田は、言われている意味がとっさにはわからなかったが、しばらくしてからこう答えた。

「学生時代から、実年齢より高くみられてきましたが、私は新卒です。前職はまだないです。ここ日本ＡＲＫが前職ということにならないように、今、頑張っているところです」

「えええ！　研修生なんですか、あ、確かにそうですね。これは失礼しました」

矢部は、永田の名札を見直して、恥ずかしそうに謝った。

「しかし、先ほどのプレゼンテーションはメリハリもあり、テンポもあり、もちろん説得力もありました。今日のプレゼンの中では、ダントツでしたよ。なので、てっきりプレゼンテーション指導の応援に来ていただいた方かと勘違いをしました。失礼しました。この研修のインストラクターをやってもいいいんじゃないですか？　私が言うのもなんですが、適任ですよ」

「ありがとうございます。素直に嬉しいです。ありがたいですが、私は前半もギリギリの成績だったんです。既に落ちこぼれているので、なんとかしようと必死なんですよ。人より頑張らなきゃいけないんで、ちょっと気合が入りすぎました」


別の日の研修の時にはこんなこともあった。大きなトラブルを起こした想定で、開発チーム、販売チームがそれぞれに問題の解決をはかるケーススタディーの実習である。

シミュレーションではあるが、開発側の視点と、販売側の視点の見解が折り合わず、お客様への回答期日が迫る中、対応報告書がまとまらずにいた。

販売側のチームに割り振られて、事の成り行きを見守っていた永田が2つのチームを呼び出して、こう話し始めた。

「今、我々は内部での見解が折り合わず、お客様に対する回答を見出せずにいます。あちらを立てれば、こちらが立たずという状況です。トラブルはたった一つの要因から成り立っているわけではありません。複雑にからみあった今回のケースを、もう一度、因数分解してみましょう。しっかりと分解できた段階で一つひとつ解決していけば、きっと、回答にたどりつけるはずです」

因数分解という理系エリートが飛びつきそうな言葉を使ったのも、永田の計算だった。永田のその言葉が引き金になって、もともと理系研究肌のメンバーは、トラブルをあっという間に要素分解し、それぞれの打ち手を考え始めた。永田のミーティングのその一言で、お互いの主張を繰り広げていた場がひとつになった。

これには研修を監督していた担当も驚きを隠せなかった。実際の現場では、部門間のトラブルを平定させることも上司の一つの重要な役目になる。そのことを、入社1年目の研修生がやってのけたからだ。

必然、研修後半では会議のファシリテーションも、永田がやることが多くなった。研修も終盤近くになると、同期の中から一人だけ出るMVPを永田が取るのではないかと噂が出はじめた。日々の研修の中で、永田はそう噂されるくらいに頭角を現してきていた。

最終日、MVPに選ばれたのは、永田ではなかった。

既に研修担当者も忘れかけていた前半の試験の合格ラインに永田が達していないことが判明し、

ＭＶＰの評価項目基準を満たせなかったのだ。

しかし、ＭＶＰは逃したものの、永田は見事に「営業力」というその点で力を発揮した。

研修が無事終了し、永田は名古屋支店の営業職に配属された。

そして、永田は記録を作っていくのである。なんとも不名誉な記録を。

初めての営業

研修を終え、配属されたのは行政向けにシステムを売る担当であった。行政にもコンピューティングの波は押し寄せていた。電算部が次々と作られた民間とは違い、年度予算も限られた中ではあったが、裏を返せばまだまだ未開拓の市場でもあった。

市役所に配置されているコンピュータはまだ専用ＯＳを搭載したオフコン型の旧来システムで構成されていた。性能だけで言えば、日本ＡＲＫのコンピュータのオフコンは日本のメーカーに負けてはいない。むしろ機能のアップデートの速さでいえば、常に日本メーカーを上回ってさえいた。

市役所の担当課長に面談を申込み、一からはじまった営業は、永田のプレゼンの力もあってか、半年かからずに、市役所の担当部長にまで話をさせてもらえる段階に来ていた。

しかし、担当部長に話を持って行った際に申し訳なさそうに言われたのは次の一言だった。

「実は、市長からなるべく早く決めたまえ、という話が先日来ていてね」

早く決めろということは、今更比較検討せずに、もともと提案があった他社の提案にしろということだと察しがついた。これでは分が悪い。そこで永田は、朝の通勤時間に目をつけた。毎朝7時30分に必ず市長が当庁されることを知ったからだ。永田は早速、翌日の朝7時に市役所の門に着き、市長が登庁するのを待ち構えた。

市長が市役所の門に近づいてくる。グレーの背広に赤系のネクタイ、貫禄のある市長であった。職員の出迎えに軽く手をあげて市役所の門をくぐる。

「おはようございます。日本ＡＲＫの永田です」

と大きな声で永田はあいさつをした。新米の営業マンにできることは、とにかく顔を覚えてもらうことだと、先輩からも学んでいたからだ。

その日以降、永田は毎朝7時に、必ず市役所の門で待ち構えた。しかし、毎朝7時に立つのは簡単なことではなかった。市長は7時から7時半の間には必ず登庁するのだが、その時間帯は、永田にとって、ちょうどトイレに行きたくなる時間帯だった。

もし、永田がトイレに行っている間に市長が通り過ぎてしまったら、挨拶の連続記録が途絶えてしまう。どうすればよいか。永田は朝、飲み物を飲むことをやめた。水分摂取をコントロールすることに決めたのだ。

（毎朝という連続性こそが、差をつける）

そう信じて、下半身に力を込め、いや、力を入れすぎずに力を込めて、なんとか挨拶をするまで尿意を抑える様にした。

1ヶ月ほど経過したときだろうか、市長が門の横に立っている永田にこう話しかけた。

「キミ、毎朝立っているのは偶然じゃないんだね」

「はい。お声がけ、ありがとうございます。日本ARKの永田と申します。市長にお話したいことがありまして、毎朝立っていました」

「ほう、キミ面白いね。今日午後1時から15分くらいなら時間がある。秘書に通しておくので市長室にいらっしゃい」

声をかけられて、永田の身体は身震いした。大急ぎで上司に連絡をし、キーマンである市長とアポが取れたことを報告する。「一生懸命にやっていれば見てもらえる」上司は電話先のオフィスで声を出して喜んでから、こう続けた。

「永田さん。アポイントおめでとう。まずは第一歩だ、応援している。しかし、行政の仕事は一筋縄ではうまくいかないよ。ただ永田さんのプレゼン力は、みんなの知るところだからね、ぜひ頑張ってください」

永田はその日の午後一に、用意してあった資料を持って市役所の受付に出向いた。もちろんトイレは事前にすませてある。入り口で市長との面談の約束があることを告げ、入館表に名前を記入し、番号札のバッジを受け取る。そして市役所の4階にある市長室を訪れた。

「おお、永田くんだっけ。毎朝ご苦労だね、こちらへどうぞ」

市長室の中にあるソファーに市長自らが案内してくれる。

「15分後には出かけるからね。手短に頼むよ」

「はい」

そう言いながら、永田は10秒で名刺交換をすませる。市長がソファーに手を差し出す。

「どうぞ」

「はい、ありがとうございます」

永田は早速、市長に向き合うと、こう話し始めた。

「今、市長もご存じの通り、民間を含めてコンピュータの導入が進んでいます。弊社の製品性能は、もとより世界スタンダードです。それだけではなく、日本ＡＲＫ社内には民間企業で培った導入後のサポート体制部門がございます。他社様より価格は若干高いとは思いますが、その分、サービス面で技術部、研究開発部、営業部が連携をとり、しっかりと運用支援をフォローいたします。なにとぞご検討ください」

そこまで一気に話をすると、永田はようやく持ってきた資料を封筒ごと市長の前へ差し出した。

「ああ、電算化の話だね。市としても、もう予算はついているはずだ。今回は年度予算だけでなく3カ年での電算化予算を組んだので、値段の高い日本ＡＲＫさんでも十分にいけるのではないかな。ただね」

「ただ、なんでしょう？」

「他の部でもね、NさんやFさんの製品は単体で既に導入済みでね。彼らとのお付き合いもあるし、データベースの共有化の問題もあるだろう。だから、いきなり日本ARKさんの導入はどうかと思ってね」

「かまいません。しっかりと比較検討していただければと思います。また、明日から朝のご挨拶をさせていただきますので、よろしくお願いいたします」

「あ、明日も来るの？　あ、そう」

市長は、一度会えば明日は来ないものだと思っていたらしく、意外だという顔をした。そこまで会話したところで、迎えの職員がちょうどやって来た。

「永田さん、申し訳ないね。資料は預かっておくよ」

「ありがとうございます、いってらっしゃいませ」

立ち上がった市長を見送り、永田は頭を下げて挨拶をした。

翌日は雨だった。永田は今朝も門に立っている。第一歩は踏み出せたが、信頼を勝ち取るためには、まだまだ足りないと自覚していたからだ。

しかし、朝の挨拶訪問は市長に面会してから3日後に、突然打ち切られることになる。

永田が、いつものように門の前に立っていると、登庁して来た市長が永田のところに来てこう言ったのだ。

「すまんね、朝の挨拶は今日で終わりだ。議会、通らなかったよ。キミには申し訳ないね」

単純にタイミングが悪かったのか、逆にタイミングを見切られたのか。市長が属している政党に多額の献金をしたメーカーがあったということがのちに判明する。議員会館での会合で関連議員より「まあ、こちらよろしく頼むよ」と市長が肩を叩かれたらしい。

課長、部長、市長と提案を積み重ねたことが、大上段の回し蹴りで、いとも簡単に崩されることを永田は知った。永田誠一、はじめての失注案件である。

高潔な企業倫理

日本ＡＲＫという会社は企業倫理に非常に厳しい会社であった。法的な問題に手を染めた社員は間違いなく即時解雇であったし、政治献金もゼロであった。盆暮れのお中元やお歳暮もご法度、実際にお客様との癒着が発覚してクビになったケースもある。もちろん政治家のパーティーにも顔を出さないし、地元のお祭りや冠婚葬祭にも関わらない。

外資系の会社だから、コンプライアンスに特別厳しい、ということだけでなく「社会を変革させるためのリーダーシップたらしめよう」という高潔な企業倫理に基づいていた。

つまり、当時の日本の商習慣とは真逆だったということだ。政治家であれば、いかに地域との絆を繋ぐかが重要視されていた時代だ。政治家にとって地域の集まりや冠婚葬祭に出るのは仕事の一部で、インフラを整備したい建設業や民間企業は、地元の政治家の勉強会や会合、パーティーに顔を出すことで、関係性を作っていった。当時は、良くも悪くも日本式のウェットな人間関係の上で仕事が成り立っていたのだ。

民間企業の受注であれば、相見積もりから始まり、企画を出し合うコンペティションで競争することもできた。実際に日本ARKも、コンペによる企画やプレゼンで勝ち残って採用になったケースが多くあった。公明正大に受注をする、それが日本ARKのポリシーであった。

永田が配属された部署は、日本ARKの中でも、もっとも難しい官公庁の営業部だ。日本の商習慣を超えていかなければ売れない部署でもある。当時の日本政府の方針は、とにかく国産の機械を買えというものであった。そういう状況であるから、行政機関で日本ARKのシステムを導入しているのは、数えるほどであった。

当時から多くの営業マンを抱えていた日本ARK。通常の新人では耐えきれずに、転職をするリスクがあったからか。官公庁営業部に何とか売上を立たせたいという上層部の方針か。新人研修でのプレゼンの上手さが裏目に出たのか。いずれにせよ、行政営業担当に選ばれた稀な一人が、永田だった。

永田が東邦市役所に営業に行ったときには、担当の若手係長と課長が「どう考えても日本ARKのコンピュータが優れている」ということを理解してくれ、何度も役所の上司に話を持っていってくれた。

「永田さん、すいません。どうにも上が首を縦に振ってくれないんです。上司はあと2年で任期満了の方なので、新しいことにチャレンジして、万が一でも評価を落としたくない事情もあるんです」

「私としては、課長は、十分にやっていただいていると思っています。ありがとうございます。ところで、議会を動かしているキーマンは誰なんでしょう？　正攻法でダメなら、確率は低くても根本のところから攻めていくのも方法の一つです」

そう言われて、しばらく考えていた課長が、ポンと手を打った。

「永田さん、この街が製鉄の街というのはご存知ですよね」

「もちろん知っています。新製鐵という大企業がある製鉄の街、というのは小学生でも知っているのではないでしょうか」

「そうなんです。製鉄で成り立った街だからこそ、地元の名士はほとんどが新製鐵出身なんです。だから今も、議会に強い力を持っている。そこを攻めてみてはいかがでしょう？　確か、私のいとこが第二工場の工場長になっているはずです。お繋ぎいたしましょうか？」

「それはありがたいです。日本ＡＲＫの法人営業部も、新製鐵のシステム提案では、もちろん動いているはずです。営業ルートもあるかもしれません。両方から当たってみましょう。将を射んとすればまず馬を射よ。古いことわざですが、まさにこれですね」

「われわれ職員も、上から押しつけられたシステムではなく、しっかりと自分達の意見が反映されたシステムを使いたいんです。やってみましょう」

会社に戻った永田は、上司に事情を話すと法人営業部にコンタクトを取ってもらった。筋を通しておいて、今度は同期の何人かに直接電話で連絡をとって、新製鐵へのコンタクトを試みてもらう。そうこうしている間に、市役所の課長から永田宛に電話が入った。

「永田さん！　早速そちらも動いてくれているのですね。いとこに電話をしたら、既に日本ARKからの電話が入ってきていました。彼からも経営層に話をしてくれるそうです。馬に一歩近づきました」

人口の半分近くが、何がしか新製鐵の仕事で生業を立てている街だ。地元の力というものは、あなどれない。だからこそ、議会に対する力は偉大なのだと、永田は思った。

1週間後、永田は新製鐵東海工場の稲取相談役に呼び出されることとなった。官公庁営業部に配属されてから民間企業との取引がなかった永田にとっては、企業規模の大きさを含めて何もかもが初めての体験であった。

新製鐵は、度々の合併を行い、銑鉄から鋼材までを一貫して製造する「銑鋼一貫製鉄所」を持つ高炉メーカーの代表の一つになっていた。日本でも1、2を争う巨大な高炉を構えたメーカーだ。相談役は、1兆円を超える企業規模の東海地域の要人である。わずか25歳である民間企業の営業マンの永田が、おいそれと出合える人物ではない。

野球場がいくつも入るような工場の敷地の中を永田は案内された。工場内部は直接見ることはできなかったが、そこかしこで聞こえる機械音や鍛造マシーンの鉄がぶつかり合う甲高い音が、永田の意識を高揚させた。

大きな応接室に通されると、そこに稲取相談役がいた。市役所の職員に聞いたところによると、相談役には議会も頭が上がらないとのことだった。実際に会ってみると、その存在感から大きな人物だということが雰囲気で伝わってくる。

「本日はお時間をいただきまして、ありがとうございます。日本ARKの永田でございます」

「おう、工場長からも、システム担当からも話は聞いているよ。おめえ、東邦市役所に出入りしているんだろ?」

「はい。その東邦市役所にコンピュータを売り込んでいる者です。しかし、なかなか決定がされません。そこで不躾なお願いで恐縮ですが、ぜひ稲取相談役からも議会で推していただきたいと思い、本日お時間を頂戴いたしました」

稲取相談役は、永田の次の言葉をじっと待っていた。その見返りに何を差し出すかで人物を見定めようとしているのだろうか。

「ちなみに、ご支援をいただきましても、お礼はできません。盆暮れのお中元やお歳暮を送ることもいたしません。お送りできるのは、ただのハガキのみ、暑中お見舞い一枚のみです。しかし、ご支援いただきたいのです」

静かな沈黙が流れていく。稲取相談役も永田も姿勢を崩すことはない。5分以上も沈黙が続いた。先に口を開いたのは、稲取相談役であった。

「おめえ、面白いな。差し出すものがなにもないけど、お願いするか。市役所に面白いやつが出入りしていると聞いていたが、本当に面白い。ちょっと待て、今、電話して確認してやる」

そう言うと、応接テーブルに電話機を持ってきておもむろに電話をしはじめた。

「あー、稲取だが。ちょっと、お願いがある。市役所のシステムの導入な。議会で話が進んでいると思うんだが、日本ＡＲＫの永田ってやつをサポートしてくれないか。連絡先は伝えておくから、あとで電話させる。頼んだぞ」

チンと、ビジネスホンの受話器をおくと、再び電話をかける。

「稲取だ。今、電話いいか？　市役所のシステム導入。あれはどうなってんだ。誰が動いてる？あー、やつがからんでいるのか。それは市長も動きにくいな。わかった。日本ＡＲＫの永田というやつから電話がいくと思うんで、相談に乗ってやってくれ」

電話している間、わずか5分。同じ5分でも、沈黙の5分とは大違いの動の5分であった。

「永田さん。あんた、どこまでやる気があるかね。市長は、なんとかなるかもしれないが、これは市政だけの問題じゃない。別の地元の名士がからんでいる。相当気合をいれないと難しいぞ」

永田は静かに鞄を開けた。そして一つの封筒をとりだした。その封筒を稲取相談役に差し出す。

相談役は、封筒の中身を取り出す。Ａ４の紙の表紙には「質問書、答弁書」という文字が書かれていた。

ページをめくる。２枚目。３枚目。

読み終えた稲取相談役は、明らかに警戒心を解いて永田に向き合った。

「これは面白い、傑作だ。この質問を議員にさせて、市長に答えさせようって腹か。不自然なくＡＲＫ製品の導入に繋がる流れになっているな。議事録に残させて、市民に対する既成事実で攻めていこうというんだな。面白い！　ところで、お前はいくつなんだ？」

「25歳です」

「あっはっは。25の若造がこんなことを思いついて、質疑応答の答弁書を書けるのか。日本ＡＲＫも、理系バカばかりじゃないんだな。やってみろ。先に電話した議員の電話番号はこれだ。こっちはさっき電話したやつだ。ここまではしてやれるが、正直やっかいな人物が相手側には付いているぞ」

「もとより、当たって砕けろです。官公庁営業の担当になってから、私はまだ1件も受注できていませんから、これ以上失うものは、なにもありません」

「本当か？　お前、新製鐵に来た方がいいんじゃないか？　こっちの営業ならもっと簡単かもしんねえぞ。口を効いてやろうか？」

「ありがたいお申し出ありがとうございます。ただ、自分に○がつけられるようになるまでは、ご縁のあった日本ＡＲＫでやりきってみたいと思っています」

「自分に○をつけるか。青臭えが、おもしれえな。じゃ、答弁がんばれよ」

「ありがとうございます」


このあと、永田の施策はことごとくはまっていった。

根回しの上、日本ＡＲＫのシステム導入がベストプランだという質疑応答の議事録も作成された。そして、いよいよシステム導入者の決定がされる日を迎えた。

はたして、結果は、別会社のシステムに決まったのである。議会の答弁書も無効にされる実態。街の実力者を通じた巨額なマネーと権力が動いたことが明らかになるのは、かなりあとのことである。

3度目の正直

永田は相変わらず公共事務所や市役所に足を運んでいた。ただ、どうにもこうにも結果がでない。

国産企業を優先しろ、との政府の方針に従っている官公庁の門戸は思った以上に固い。正攻法、側面攻めなど、あらゆる方法を使ってみたが、永田のプレゼン力をもってしても、一向に突破口は開かなかった。

「まあ、いつか開けるだろう。仕込みが多い方が結果はでかいというしな」

永田の同期は、ほとんどが東大、東工大、理科大出身でコンピューティングの基礎を学び、難しい新規の大手のシステム提案を次々と受注している。システム全体を自社に置く場合、システムそのものを外注する場合の違いはあるにせよ、企業の中でコンピュータ化に向けての合理策が待ったなしで進んでいた時流に乗っていたのである。

そんな中、永田が2年以上も足しげく通っている豊川市の市役所建て替えの話が出てきた。永田は、さらに頻繁に豊川市役所に顔を出すようになった。

「永田さん。移転の話。ようやく動いてきましたよ。言われた通り、データ処理をセンターに委託するより、市役所で内製化したほうが遥かに効率的だし、トータルコストも安い。そのことをようやく上役が理解してくれました。私の場合は、あの横柄なデータセンターの担当とやりとりしなくてすむだけでも、相当ストレスが軽減されるはずです」

「はい、野間課長。同業種ですので、データセンターの担当になり替わってお詫びしますが、専門分野に長けた人は、どうしても知識量で劣っている人を見下す傾向がありますね。それは本当に申し訳ないです」

「いやいや、永田さんが謝らなくてもいいんだよ。データセンターにも、もちろんいい人はいるんだ。ただ、あの担当がね、ああいつも大上段から来られると、さすがに何様だ、と思わなくもない。その点、永田さんは、こんな私にも丁寧に対応してくれる。本当にありがたいよ」

「いえいえ、私は万年売れない営業マンなので、時間があるだけなんですよ」

二人は同時に笑い出した。この2年間で、培われた信頼関係だろう。野間課長と永田の間には、見えない絆のようなものが出来上がっていた。

「で、永田さん、ここからはどうしたらいい？　上役もちょうど聞く耳をもっているので、今がたたみかけるチャンスだと思うんだが」

「もちろん、その通りです。今日はこちらをお持ちいたしました。自社内でいろいろな部署に確認して、私なりに作ったものです」

永田は鞄の中から書類を取り出すと、それを野間に渡した。そこには、新庁舎にコンピュータ室を作った場合の発注品リストがずらりと並んでいる。最後のページにはシステム構成図まで付いていた。

「これは！　ほとんど正式な見積発注書じゃないですか。いつの間にこんなのを作ったのですか？まだ発注内容も決めていないのに」

「もちろん、企業全体の力ですよ。私の力だけでは、ここまでのものはできません。民間の電算部の導入事例をもとにして、この2年間で私が調べた豊川市のデータセンターへの発注件数や事例をもとに、データ量が2倍になっても対応できるようなケースを考えてみたんです」

野間は最後のページまでたどり着くと、また最初のページに戻る。そして最後のページまで再び読み込んでは、また最初のページに戻る。ということを繰り返した。

「これはいける、いけるよ！　すばらしい！」

「ご理解いただいて、高評価もありがとうございます。ですが、これだけでは、野間課長には理解できでも、他の方には伝わらないと思います」

「どういうことだい？」

「はい。まだ豊川市役所の方々は、コンピュータ室というものを見たことがない人がほとんどです。民間の電算室も守秘義務の都合上、外部に公開されることはほとんどないですから当たり前です。結局だれも見たことがない」

「それはそうだね。システム管理者にでもならなければ、見ることはないと思うよ」

「人類史上、見たことがないものには人は抵抗を示すんです。心が、未知の物は危ないぞと警告を発するんです」

「ふむ、それで」

前例主義の市役所で、何度も新システムの導入を提案して却下されてきた野間課長にとっては、なかなかの図星であったのであろう。顔が少し曇った。

「そこで、です。見たことがないのであれば、見たことがあることにすればいいと思いました。今日はこちらもご用意いたしました」

永田は、いつも使っている鞄ではなく、製図の図面が入るようにデザインされた防水加工の鞄、いわゆる図面用のアルタートバックから書類を取り出した。

「永田さん、これは！」

「はい。コンピュータ室の図面とイメージボードです。先ほどのシステム構成図の内容をもとにデザインしました。しましたと言っても、私が全部、やったわけではありません。企業全体の力、と先ほど言ったのはこういうことです」

野間課長は目を輝かせて、コンピュータ室の平面図面と、入り口からと、サイドから見た見通し図的なイメージボードを見つめている。イメージボードには薄い絵具で着色もしてあった。

「永田さん。ここまでしてくださったんですか。これなら上役に話しやすい。データセンターへの発注予算データも数年分はありますから、内製化によって、いかに費用対効果が出るかも説明しやすくなります」

「はい、その計算もなんとなくですが、叩き台を私のほうで作ってみました。初期投資4年を目安に費用対効果で回収ができるという分析グラフです」

永田は手品師のように、相手の話にあわせて次々と資料を出す。2年も通っているのだ、もはや豊川市役所の内部事情、予算事情、野間課長の思いは知り尽くしている。

「永田さん。本当に、ありがとうございます。いける、いけますよ、これならいける！」

野間課長は、思わず立ち上がって図面とイメージボードを両手に持ち、永田に笑いかけた。その姿を見て永田も頬を緩ませていた。

その後の野間課長の動きは早かった。新庁舎の予算配分の中に、コンピュータルームが入った予算表を、すぐ永田に送ってくれた。上役へのプレゼンも、コンピュータルームの図面を最初に見せたことで、順調に進んでいった。建築関係の大学を出ていた上役が図面の精度に感嘆していた、との嬉しい報告もあった。

この数年失注を繰り返して、準備に準備を重ねてきた永田は「今度こそ」と、豊川市の案件に全力を傾けた。

そんなある日のこと、珍しく社内にいた永田のデスクの電話が鳴った。

「永田さん、豊川市役所の野間です。数日後に公開される市の資金調書から、コンピュータ室がなくなっていました。残念です、本当に残念です」

電話口から、野間の声が震えているのがわかる。

それが怒りによるものなのか、悲しみによるものなのか、その両方なのか。

永田はすぐに答えた。

「資金調書の公開までにまだ数日あるということですよね？　だったら、まだ諦めるのは早いのではありませんか？　やれることがあるはずです、一緒に考えましょう」

やれることがある。そうは言ってみたものの、永田自身にも何をやったらいいかはわからない。ただ、電話の野間の声から、震えを少しでも取りたかったのだ。

「野間課長、ダメからがスタートですよ」

永田は、電話を切ると、上着を取り上げ、すぐに豊川市役所に向かった。その足取りは未来に足先を少しだけひっかけているようだった。

直談判

永田が豊川市役所に着いたのは、夕方すぎであった。

他の職員は既に帰ってしまっていたが、野間課長は永田を待ちかまえていた。

永田がすぐにかけつけてくれたことで、ほっとしたのか、野間は永田に手を差し伸べてきた。

永田は迷わず、野間の両手を自分の両手で覆うようにして握りしめた。


「野間課長、大丈夫です。まだ時間はあります、やれることはあります」

野間は、涙をこぼさないように、少し天井を見上げながら頷いた。

「永田さん、ありがとう。ここまでやって、ダメだったら、しょうがないという思いと、ここまでやってもダメなのかという悔しさが入り混じってしまって。すみません、私以上にショックなのは永田さんのはずなのに、どうしようもなくなってしまって」

「いいえ。野間課長は、もう既に自分に○をつけてもいいと思います。悔しいというのは、手を抜かずに、ここまでやったという思いがあるということでしょう？　それは自分に○をつけられるってことです。私は全然大丈夫ですから」

その言葉に野間はついに涙をこぼし始めた。永田は野間課長の両手をもう一度強くギュッと握ると、優しくこう言った。

「私は、まだ諦めていません。資金調書が発表されれば、全てが終わりですが、まだ時間はあります。

なんとか、予算に組み込んでいただくように、できることをしましょう」

野間は感極まった自分を落ち着けるように、ゆっくりと椅子に腰を降ろした。

「はい。しかし、期限は明日です。明日、予算会議に出されてしまえば、もうそれ以降は無理です。今回はトータル予算と全部署の意向を合わせていく上で、決まったことらしいのです。コンピュータ室なんて作るなら、部門にそのスペースを渡せと。確かにコンピュータ室を作った分、会議室か執務室のどちらかを削らなければならない。会議室は減らせないので、どの部門の執務室を減らすかで激論になって、そもそも今まで通り、外注でいいじゃないかということになり…」

「そうですか。各部署が自分の部門を守りたいということで動いたのですね。そして誰も引けなくなってしまったと」

「はい、これからの時代は電算の内製化が必ず必要になる時代なのに、お恥ずかしながら、まだ縄張り争いをしているというのが現状です。なさけない限りです」

野間は大きく頭をうなだれた。

「野間課長。頭をあげてください。私は今まで、こういうことを何度も体験しています。人は自分を、自分の家族を、部門を、組織を守りたいものなんです。それは人として当たり前のことですよ」

野間は永田の目を見て頷いた。

「そう言ってくださると、職員たちを少しは許せるような気がします。自分の部署のメンバーを守りたいという気持ちからだと思えれば。しかし、それによって、時代に取り残されていく市役所になってしまうのは、それではあまりにも、悲しい」

「そうですね、実は1年前、たった一人の実力者に、事態をひっくり返されたことがありました。あれには、私もビックリしたのですが、逆に言うと、いつでもひっくり返すことができるということを学んだ案件でもありました。野間課長、もし、この状況をひっくり返せるとしたら、誰か思いつく方がいらっしゃいますか？」

「状況をひっくり返す」

その言葉をつぶやきながら野間はしばらく考えていたが、突然ハッと目を上げた。

「はい。この状況を唯一変えられるとすれば、役所の実力者の杉浦助役しかいません。しかし、明日の部会で資金調書が提出されたら、さすがに助役でもひっくり返せないでしょう」

「わかりました。その杉浦助役の家に今から行きます。住所を教えていただくことはできますか？」

「一般に公開されていますから、私からお伝えすることはできますが、今から行くんですか？」

「もちろんです。今のままだと、今までの発想、共に歩んできたことが水の泡になるじゃないですか。できることがあれば、なんでもやってみますよ」

野間は永田の真剣な顔を見て、心を決めた。

「わかりました。私から今電話してみます。いつもこの時間は、家にいるはずです。助役が断れないように、市役所からもう向かってしまって、あなたに連絡が取れないとお伝えしますので、永田さんはこちらの住所に今すぐ向かってください」

永田の「ダメから始める」姿勢が野間の心を動かした。その場で電話をかける野間の顔を永田はうれしそうに確認すると、その電話内容を聞くともなく、市役所の近くに停まっていたタクシーに大きく手を振りながら乗り込んだ。

乗り込んだタクシーの後部座席で、永田は野間から聞いた杉浦助役のことを思いだしていた。杉浦助役は車いすの助役で、議会だけでなく市政そのものにも影響力があり、あらゆることにやり手で有名な人物とのこと。助役とはいわゆる市長をサポートする立場で副市長にあたる役職だった。もちろん永田はまだ面識はない。

永田の乗ったタクシーが助役の家の横に止まった。永田はタクシー代を払うと、1秒でも惜しいというようにドアチャイムを鳴らした。
ピンポーンというかすかな音が玄関の向こう側から聞こえる。
玄関幅は広くとられていた。車いす生活に合わせた家の作りであろうことが想像された。
ガチャリと玄関のドアがあき、車いすから相手をおしはかるように見上げる目がそこにあった。

「なんですか？」

「日本ＡＲＫの永田というものです、３分だけ時間をください」

永田も真剣であった。三本の指を立てた手を、玄関の門扉から、相手に見えるようにたかだかと掲げ、そのままの姿勢を保った。

「３分でぃいんだな。野間君にも世話になったことがある。わざわざ来たんだから、玄関の中で聞こうか。錠前はハンドルを下に押し下げると開くようになっているから入りなさい」

玄関先で助役が何かを操作しロックが外れた。永田は言われる通りに錠前を下げ、身体で押し開くようにして、庭先に入り、玄関へ進む。

玄関先に入り、少し腰をかがめて助役の視線に合わせると、永田はすぐにプレゼンを始めた。新庁舎にコンピュータルームを作りたいこと、その意味とメリット。重要なデータは今後、外注ではなく、内製化する動きが主流になること。そして、それが万が一の時に市民データを守ることに繋がることなどを一気に話した。

一通り黙って話を聞いていた助役は「なるほど、もうちょっとゆっくり話を聞かせてください」と永田を家の中へと招き入れた。助役の話す語尾が、「聞かせてください」と丁寧な言葉に変わっていた。聞く価値があると思ってもらえたのだろう。

そのあと永田は、これからの情報のあり方、優秀なコンピュータシステムを今導入しておくことの意義、他市町村に先駆けたモデルケースになることの重要性などを、身振り手振りを交えて思い切り話した。この数年、あらゆることを経験した内容と熱量を全てぶつけた。

口を挟まずに、じっくりと永田の話を聞いていた杉浦助役は、最後に一言こう言った。

「わかった。キミから買おう。しかし、お願いがある。自宅に来るのはこれで終わりにして欲しい。次からは庁舎で会おうじゃないか」

玄関を出て、深々とお礼をすると、すぐに永田は近くの公衆電話に走った。

そして、市役所で祈るような気持ちで待っている野間課長に電話をかけた。

「野間さん！　お話聞いてもらえました。首の皮一枚で繋がりました」

電話口からの野間の返事はなかった。ただ、「ありがとう、ありがとう」という嗚咽のような小さな声が受話器の向こうから聞こえてきた。

翌日の資金調書には、しっかりとコンピュータルームの新設の項目が入っていた。予算は来月頭の議会で正式決定されることになった。

それからの１ヶ月間、永田と野間課長は二人三脚で事を進めていった。もちろん、杉浦助役にも庁舎で何度も会い、何度も挨拶を交わした。

年の瀬も押し迫ってきていた。

新年度の予算会議は佳境にはいり、毎日のように会議が行われる中、突然の訃報が届いた。杉浦助役が自宅で亡くなった。抱えていた病気が急変し、家族が駆けつけたときには、車いすの上で息をひきとっていたとのことであった。

杉浦助役が推してくれていた新庁舎へのコンピュータルームの新設の話は再び白紙に戻った。

結果、コンピュータルームは規模が縮小され、国内メーカーが縮小予算でそのシステムをまるまる受注することになった。かろうじてコンピュータルームは生き残った。杉浦助役の出現によって、野間課長の思いは半分は叶った。しかし、永田の失注記録はまたしても更新されることになった。

永田は野間課長とともに杉浦助役のお通夜に参列した。入り口で記帳した際に永田は呼び止められた。

「永田さんですか？」

「はい」

「杉浦の身内のものです。晩年、毎日のように当庁するようになった杉浦に、どうしたのかと聞いたところ、永田という面白い男に出合ったと嬉しそうにいつも言っていました。あなたが永田さんなんですね。杉浦の晩年を彩ってくれてありがとうございます」

隣にいた野間課長が涙を抑えきれなくなる。永田は野間課長の背中にそっと右手を当てながらご遺族に言葉をかけた。

「そうですか。杉浦助役は自分の人生に、きっと〇を付けられたんですね。こちらこそ、力不足ではありましたが、杉浦助役に出合えて嬉しかったです」

永田は、野間課長に続いてお焼香を上げ、杉浦助役の遺影を見上げた。

般若心経の読経が続いている。

（自分はやはり、自分の人生に〇をつけるために、生きているのだろう。自分が選んだ人生、自分が選んだ会社をいいものにするために）

課長　永田誠一

入社以来失注が続いていた永田であったが、ついに部署の移動があった。官公庁営業部より、民間企業も扱う営業部に移籍となったのだ。

そこで初めての契約を取ることができた。契約は、工業製品を扱っている会社の受発注システムと、品質管理システムを統合する受注であった。

公共事業で培った、お客様と共に導入まで並走していくスタイルは変わらず、お客様と会う回数を重ね、次々とキーマンを訪ね続けた。今までの全ての経験が一気に形になるかの如く、次々と案件の受注が決まる。

「本当のところはどうなんですか？」

相手が重役であろうが、一担当者であろうが、どんな相手であっても、本音を引き出しながら、一つひとつ問題を解決していく。そのコンサルティングとも言える永田の営業スタンスは、全てのお客様にありがたがられた。

若い頃からコンピュータシステムに触れてきた世代が、中部支社に次々と入社するようになった頃、永田は課長に昇進した。部下はほとんどが新人だった。

新人はベテランが抱えていたお客様をまずは引き継ぐことになる。既に信頼関係があるので、営業先には入りやすい。しかし前任者が抜けた途端に、ミスが連発するようになれば、お客様から怒られることも増えてくる。いかに優秀な新人であっても、システムを熟知するのに3年、個別のお客様の課題を把握するのに、さらに数年かかるからだ。

「永田さん！　ウチを軽く見てるのか？　ウチのシステムを若手がやれるはずはない。こうミスばかりが続くようでは担当を変えてもらうことになるぞ」

と、半ば脅しにも聞こえるような電話がたびたび永田にかかってくるようになる。

永田は若手と一緒にお客様を訪ね、丁寧にお詫びし頭を下げると、こう言った。

「今回の件、申し訳ございません。しかし、担当を変えるということになりますと、今年入社した新人しかおりません。今よりさらに若くなってしまいます」

「なに、今年入社した新人だと？　それはありえないないだろう。しょうがない、もう少し育ててやるから、二度と同じミスはするなよ」

「ありがとうございます」

笑い話のようなやり取りだが、永田はひとつも嘘をついていない。今できることを心から伝えただけであった。実際に永田の課のメンバー4人は、全て入社3年以内の新人だった。

ところが、永田の下につくと、1年も経たずに、新人とお客様の間には確実な信頼関係が生まれてくるようになっていく。担当を変えろと息巻いていたお客様も態度を一変させる。

「彼、いいね。もちろん、まだまだこちらが伝えてから動くこともあるけど、ウチの仕組みをよく勉強してきているなあ。話が早くなったし、最近はミスが起こる前に確認に来るようになったよ。いいんじゃないか、彼」

日に日に成果を出すようになった新人達を横目で見ていた課長連中が、「どんな育て方をしているのか」と、永田に問いかけた。

「うーん、自分で考えて行動計画を立ててもらって、一人ひとりと話をしているくらいだけど。まあ、話をしていると勝手に理解してくれるんだよ、ありがたいことに」

ここにも、ひとつの嘘もない。

永田がやっていたことは単純だった。実際に自分が現場に出る回数を減らし、その分、部下との時間を取ることに集中していた。それは結果的に部下が現場に出ていき、お客様と接する機会を増やすことになった。

他の課と少し変わったところがあるとしたら、毎週月曜日の行動計画のやりとりだった。永田はまず1週間の行動計画を、事細かに書き出させる。前の週に書いた計画を提出させ、それをコピーしたものに、太めの赤いペンでコメントを入れた。いわゆる赤ペン先生のようだった。

そして、その赤ペンをもとに、月曜日に一人ひとりと話をしていたのだ。

「田辺君。先週からの修正なんだけど、ここね」

永田はそう言って、先週の行動計画に赤丸をつけた資料を見ながら話をする。

「安田産業さんの担当者には先週は会えなかったんだよね。今週の行動計画には安田産業さんへのアプローチが書いていないけど、どうして？」

「はい。安田産業は繁忙期に入ってしまって、システムの提案など受けている余裕がない、と受付の方に言われてしまったので、しばらく時間を置こうかと」

「しばらくか。どのくらいしたら、再度アプローチをする予定だい？」

「まだ決めてません。多分、２ヶ月後くらいでしょうか。あ、多分は確定事項じゃないので、ダメですね」

「多分は使わない。よく覚えているじゃないか。多分という言葉は使わずに、日時は明確に」

「そうですね、繁忙期が明けた時のアポイント日付まで取ってから保留にするべきでしたか」

「そうかもしれないね。繁忙期にこそ、問題をより多く実感できるから、繁忙期が明けた瞬間が問題解決のアプローチには、絶好のタイミングかもしれないね」

「確かに、忙しい時期こそ、次々、問題が出てくるものですよね。ウチも同じです」

「そう、どこも一緒だよ。そして喉元すぎて熱さを忘れるのも、ウチもお客様も一緒かもしれないね」

「わかりました。今週の予定に安田産業さんを追加します。繁忙期明けの絶好の面談日時を、仮にでも設定してもらえるように動いてみます」

「それがいいね。はい、これ、今週分の行動計画にも、赤で質問をいくつか書いといたから、それも一緒に修正して、午後にもう一度今週の行動計画を提出してもらえるかな？　そこでまた一緒に計画を練ろう」


自分で考えさせて、書かせて、自分で徹底的にチェックをさせる。それを再度、説明させて、さらにアドバイスしていく。それが永田のスタイルだった。

日々、永田が頭の中と自分のための メモで自己対話してきたことを、部下の一人ひとりと同じようにやっているだけだった。書かせてアドバイス、書かせてアドバイスの繰り返し。考え続けることのトレーニングを続けただけであった。

別の課長や上司からは、「永田。あそこまで新人に任せて、お前が行かなくて大丈夫なのか？

指示はしているかもしれないが、大切な時はお前がいくべきじゃないか？　何かあってからじゃ、大切なお客様を失うことになるぞ、いつも会社にいなかったお前が、今度は会社にばかりいて、お前はいつも極端だよ」とも言われていた。

部下の成績が悪ければ、自分が自ら営業し、何とかして課の目標を達成していく。今で言う、いわゆるプレイングマネージャーがあたりまえの時代だった。

「会社にばかりいて」というのは急に現場に出なくなった永田に対し、同僚からの心からの心配の言葉だった。

しかし、結果は数年で明らかになった。

永田のところの新人の成長は著しく、永田に本部長特別育成賞が贈られることになった。もともと営業中心の会社であるから、規模や数字で表彰されることはあっても、育成で表彰されることは初めてのことだった。

表彰の理由は、永田の部下が一人残らず、お客様との関係性においても、追加の受注数においても、圧倒的な成績を出したからであった。あとにも先にも、中部支社で人材育成で表彰されたのは永田だけであった。

表彰式のあとの、ちょっとした立食形式の懇親会では、永田の周りに人だかりができていた。お祝いと、興味本位と、少しでもそのノウハウを知りたいという管理職に永田は取り囲まれた。

「永田、どういうマジックなんだ？　教えろよ」

「本当に、特別なことはしていないんですよ。部下と話すときに、明確さを大切にしているだけですよ。『多分、大丈夫だと思います、頑張ります』と部下から言われても、それは事実ではないと都度伝えています。『多分』も『頑張る』も定量化できないものは、明確じゃないので事実じゃないよと。あとは…」

「あとは？」

「本音を聞くときのハウツーも教えましたね」

同僚の課長が目を輝かせて聞いてくる。永田の周りにさらに人が寄ってきた。

「どんなハウツーだ？」

「実にシンプルなんですよ。こういうセリフで聞いてみろと教えただけです。『ひとつ本音でお願いします』と。そう言うと本音で語ってくれる、とね。私の部下は素直にそれを実践してくれて、『確かに、本音で話してくれました』と喜んで帰ってくるんですよ。本音で語って欲しいと本音で言うと、案外、皆さん、本音で語ってくれるものなんですよね」

「あー、まったく、永田らしい問答だな」

戸惑いと、称賛が入り混じったような笑い声があちらこちらで起こった。

「もちろん、なぜ、うまくいかないのか？　についてもしっかり考えさせるようにしています。阻害要因は何か？　目に見える要因も、見えない要因もたくさんある。それを確実につかむようにしないといけない、というアドバイスをしています。そもそも、電算室の部屋が狭いのか？電算と経理の責任者の仲がよくないのか？　トラブルの原因は何か？　なぜ話が止まっているのか、それらを一つひとつ丁寧に把握しないとダメだよね？　とかですね」

「確かに。こっちは製品スペックだと思って比較の資料を何度も作り直しているのに、結局は相手の社内の人事問題、『あいつがやることが気に食わない』がシステム導入の阻害要因になっていたりする。しかし、新人にはそこまで見抜けないだろう？」

「はい、難しいでしょう。だからこそ、新人には毎週、現場に起きていることをしっかり観察させ、自分で説明させて、私からはこんなケースもあった、こういうこともあったと、事例をしっかり話して、阻害要因を推察し洞察できるようにしてきました。できるかぎり、多角的な洞察力を持てるように指導してきたつもりです」

「なるほどなあ。なんだか、永田さんがシャーロックホームズで部下がワトソンのような会話だな」

同僚の課長がそう言うと、うんうんと頷く雰囲気が輪に広がった。

「そういえば、こんなこともありました。入社2年目の田辺君が目標達成できるかどうかの時期、彼から『年度末最後に、お客様にお願いに伺ったら、無理だと言われた』という報告がありました。その頃には田辺君も、無理だと思わない思考が身についていたので、私に一緒に行って「無理な理由」を本音で聞いて欲しいと言うんですよ。ご存じの通り、私はあまり外には出ないじゃないですか。ただ、毎週の報告を聞く限り、手応えは、ある感じでしたので、理由を伺いに一緒に行くことにしたんです」

永田の周りには、いつの間にか、何重にも輪が出来上がっていた。営業マンだけでなく、サポートや事務のメンバーも話を聞きに来ていた。皆、飲み物を飲むことも忘れて、永田の話に耳をそばだてている。

「田辺君のお客様は部長さんなんですが、今回は発注できない、の一点張りでした。私は最後に一言お伝えしました。『来期にご発注いただくのと、今期にご発注いただくのとでは、この田辺が星屑になるか、輝く星になるかの境目です。今回その境目は部長の一存にかかっています』と。もちろん相手のニーズがあるのを確認した上ですから、押し売りじゃありませんよ」

永田を取り囲んでいた人の輪がさらに広がる。

「相手の部長さんからは『それでも無理です…』と言われたのですが、私は『わかりました』とだけ言って、田辺君と帰りました。ただ、田辺君に『すぐに発注書を準備しておけ』と指示をしました」

いつのまにか部長クラスも輪に混じり始めていた。

「田辺君は、『え、でも無理ですって仰っていましたよ』と本気にしない。『いいから、準備しておけ』と話しているうちに、相手の部長さんから『今回発注します』との電話で受注できたんです。それからの彼の活躍は皆さんもご存じでしょう。無理が通る体験を生でしましたから、怖いものなしになったのですかね」

同期のメンバーが永田に直接質問をした。

「ドラマみたいじゃないですか。いったい、永田さんは、どうして注文が来ると思えたんですか?」

「私は、ずっと相手の反応を見ていたんです。部長さんは決して悪い人じゃない。田辺君のことも可愛がってくれていたのが、日々の報告の中からも伝わっていました。その部長さんがダメだと言うには、それなりに組織的理由があると読みました。その理由を超えられるのは、たったひとつ、田辺君の未来を見せてあげること。『田辺君が、輝く星になるかどうかは、部長さんにかかっている』と私が言った時、部長さんの顔が上がったんです。心が動いたのがわかったんです」

「永田が『注文来るから』と言う時には、いつも本当に来るんだよなあ」

「やっぱり、洞察力というか、読みが大事ですね。本音を読まないとダメですね。言葉でＮＯと言っていたとしても、心が動いた！　とわかること。これからも後輩には、ぜひ、そこのところを伝えていきたいと思っています」

何人かがテーブルに飲み物を置き、拍手をした。

それを見たまた何人かが拍手をし、その拍手は広がっていった。

会場は、いつの間にか、授賞式の懇親会にも関わらず、課長、永田誠一の独演会のようになっていた。

3章　人前で話せない少年

弱虫な子供

7月の病院の中は、あまりエアコンが効いていない。

蒸し暑いはずなのに、空気が冷たくおりてくるように感じる。

緑のリノリウムの床。日焼けした4人掛けのビニール張りのソファーがやけに白く見える。


そのソファーに、小学校高学年くらいだろうか、ひょろりとした少年がちょこんと座っていた。

白い半そでシャツから出た手は、後ろの景色が見えてしまうのではないかというくらいに透き通っている。


目だけは黒々として、その視線は落ち着きなく緑のリノリウムの床と白い壁を往復している。

顔だけが赤らんで見えるのは熱があるからか。

「永田さん。永田誠一さん、どうぞ診察室にお入りください」

少年はピクリと肩を震わせると、床に落としていた視線をあげて診察室の方を向いた。そして今、本当に自分が呼ばれたのだろうか？　とキョロキョロと周りを見渡し、誰も立っていないことを確認してから、観念したように席を立った。

小さな子供には大きすぎる大人用ビニールスリッパ。そのスリッパを引きずるようにペタペタと歩く。少年は診察室の銀色のドアノブを回して、中に入った。

「誠一くん、少し顔が赤いね。今日はどうしました？」

誠一と呼ばれたその少年は、口の中でボソボソとつぶやくように答えた。

「はい。風邪をひいたみたいで、喉が痛くて」
「夏風邪が流行っているよね。いつから体調が悪くなったの？」
「昨日の朝から。扇風機に当たりながら寝て、起きたらのどが痛かった」
「体が冷えたんだね。どれどれ、お熱は」

医者は手で誠一のおでこに触れ、両手で首筋を軽く押すようにした。

誠一は首筋を押されて、グッと顔をしかめる。

そのあと、「エーー」と舌を出して、喉の奥をペンで照らされた。

聴診器で胸と背中を触診される。トントンと胸を指で叩かれ、脇腹とお腹を少しさすられる。

「風邪だね。お薬を出しておきましょう。あと、今回の風邪はお熱がひかないようだから、解熱の注射を打っておきましょう」

注射という言葉を聞いて、誠一の顔に明らかに怯えが走った。指先が冷たくなったのか、何度も手の先をこすり合わせている。

医者は、看護婦に指示を出し、自分が座っている椅子のすぐ右横にあるテーブルに注射を用意させた。

「注射で熱はすぐに下がるからね。あとは水分をしっかりとって、帰ったらお薬を飲んで寝てくださいね」

そう言うと、医者はおもむろに誠一の手首をとり、注射針をその細い腕に近づけていく。
少年は一瞬大きく目を見開き、全身を硬直させると、きつく目を閉じた。

12歳の走馬灯

「永田くん！　誠一くん！　大丈夫？」

白い天井が見える。さっきまでいたところとは違う。いたところ？
誠一は夢を見ていた。短いようで長い自分自身の12年間の記憶。

家に来たお客さんが怖くて自宅の押し入れから出られなかったこと。
手を繋いでもらって嬉しくて、持っていたアイスを落としてしまったこと。
家族旅行の時、身体を壊して自分だけ出かけられなかったこと。
初めて乗った電車が、目が回るほど嬉しかったこと。
プールの水の冷たさが怖かったこと。
お正月の初詣、あかぎれの手が膨らんでかゆかったこと。

全てが数珠繋ぎの、一枚の絵巻物のように繋がっている記憶。

バラバラでいて、一瞬一瞬の長い長い繋がりの夢。

今、見えている天井はどこの夢だろう?


「誠一くん、気がついた?」

のぞき込むようにして、優しく頬に手を置いてくれている女の人。

「大丈夫?　ここ2階の休憩室よ。誠一くん、注射をされたあとで、立ち上がった瞬間バタン!と倒れてしまったのよ。軽い貧血だから、寝かせておけば大丈夫、と先生は言ってくれたけど、目を覚ましてくれて、本当によかった。注射が苦手だったのね。もう大丈夫よ」

誠一は、自分が倒れたということと、全てが数珠繋ぎで繋がっていた夢との関係が、まだ理解できずにいた。

「さっきね、お母さんを呼んだからね。ちょっと待っててね。先生に、誠一くんが目を覚ましたって、伝えてくるからね。まだ起きあがらないで、少し待っててね」

誠一は長い記憶から無理やり起こされたような気がして、もう一度、繋がりの記憶に戻ろうと思った。

横になったまま、目をつぶると、いくつかの記憶にたどり着いた。が、先ほどまで誠一が感じていた、繋がりのある記憶に戻ることはできなかった。誠一はちょっと残念な気持ちで目を開けて、首を回し、壁にかかっている時計を見た。

まだ夕方前。病院に来てから、そんなに時間はたっていない。あれだけ長い夢を、どのくらいの時間で見たのだろうか、と誠一は考えた。生まれてきてから今日までの12年分の全ての記憶の夢だった。

「ぼくは、全部覚えているんだ。今日のことも、ここまで起こったことも、思ったことも。きっと、これから起こることも、全部覚えているんだ」

そう、つぶやいた誠一の横顔は、なぜか急に大人びたように見えた。

緊張のホームルーム

キンコーンカンコーン。キンコーンカンコーン。

チャイムの最後の音が、少し震えながら半音下がるように聞こえる。録音を再生しすぎて、テープが伸びてしまったのかもしれない。

「はい、席について。プリントを配るから後ろに回して」

ざわめきを収めようと、ひときわ大きな声を出して席に着かせようとする中学校の担任の先生。

「ほら！　プリントが後ろに回らないだろ。早く席に着いて、後ろに回して」

バタバタとようやく生徒が自分の座席に戻っていく。

誠一は前から3番目の席にいた。前から回されたプリントを一枚だけとって、後ろの席に回していく。

プリントには、全校朝礼のお知らせがあった。担任はプリントを読んでいる誠一に声をかけた。

「永田、今日の日直はお前だよな。ちょっと前に出てきてくれるか」

誠一は、「前に」という言葉を聞いただけで飛び上がるように立ち上がる。

「先生の横で、このプリントを先生の代わりに読み上げてくれ」

誠一は顔をしかめると、今度は立ち上がった時のスピードとは、真逆のゆっくりさで教壇へ向かう。

歩くだけでホームルームの時間が終わってくれないか、という願いを込めたゆっくりとしたスピードだ。教壇の横にたどり着く頃には、誠一の心臓は誠一自身でも可笑しくなるくらい早く打っている。誠一は極度な緊張症だった。

担任はそれを知ってのことだろう、事あるごとに誠一を人前でしゃべらせようとする。

そのこと自体が、迷惑だというような表情をして、誠一は先生をにらみつけるようにしてプリントを読んだ。

「ぜ、ぜんこう、ちょうれいのお知らせ」

タイトルを読み上げただけで、足が震え始める。喉はカラカラになり、自分の声がまともに出ているかもわからない。

「9、9月に入りました。あ、あきの文化祭にむけての、全校、朝礼が、9月13日。げ、月曜日に行われます」

そこまで何とか読み切って、先に読み進めなくなってしまった。

緊張で顔が真っ赤になる誠一を見て、ニヤニヤする者。興味がなさそうに、隣の生徒とつつきあっている者。クラブ活動の朝練が早かったのか、悪びれることもなく大口を開けて眠そうにあくびをする者。周りがザワザワし始める。

頃合いと見たのか、担任がようやく誠一を解放する。

「よし、永田ありがとう。そこまででいいぞ、席に戻ってよし」

真っ赤な顔をしていた誠一が、今度は吸血鬼に血を吸い取られたかのような蒼白さで席に戻る。自席の椅子や机をたよりにして、どうにかドスンと自席に座り込む。

「いつまで経っても僕は変わらない。こんなことで自分は、まともな大人になれるのかなあ」

そうつぶやいた誠一に、大事件が訪れる。全校朝礼事件だ。

全校朝礼

その日は朝から快晴であった。
その快晴をよそに、死にに行くような面持ちと気持ちで登校する誠一。

誠一は先日のホームルームの後、担任から「全校朝礼で話すように」と言われた。クラス委員でもない誠一が全校朝礼で話をすることになったのだ。

朝礼で伝えるべき内容は先生から事前にもらってある。この間のホームルームの時のようにぶっつけ本番ではない。
覚える時間も、口に出して練習する時間もたくさんあった。
内容は、文化祭や運動会にむけての注意事項。運営委員会の発足と、スケジュールについて。難しいものではない。

しかし、誠一にとっては、全校朝礼という、その場面が問題だったのだ。

全校朝礼には全校生徒が参加するが、自分が参加しているときには、全校朝礼はむしろ誠一には心地よかった。多くの生徒の中の一人になり、ぼーっとできる時間だった。

しかし、自分が全校朝礼の前に立つとなると話は違う。人目の多さが果てしない不安となってのしかかって来る。

たった数十人の前で話すホームルームでも、胸がつかえて途中で話せなくなる自分が、全校生徒数百人の前でどのようになるのか、自分でも全く想像できなかった。

誠一は、昨晩ほとんど眠れなかった。地震や火災で校舎が崩れて、今日の全校朝礼がなくならないかと、誠一は今朝まで真剣に思い続けた。しかし、快晴の青空のもと、どんなにゆっくり歩いても地震も火事も起きなかった。いつもの通り、校舎が見えて来た時の絶望の気持ちは一生忘れない記憶になった。

そして全校朝礼が始まった。

結果は予想外であった。

誠一は途中で話せなくなると思っていたが、そんなことはなかった。

途中どころか、最初から一言も声を出すことができなかった。

一言も。

ただ朝礼台に立って、マイクを握りしめただけ。数十秒か数分か。一言も声を出すことができなかった。雑音がマイクに拾われ、キーンとスピーカーに拡声される音だけが響いた。

死ぬほど長い時間に思えた。死ぬよりも人の目が怖かった。

そのあと、どういう風に朝礼が終わったのか、誠一には全く記憶がなかった。

立ち尽くした誠一の頭の中にただ一つだけ、繰り返される言葉があった。

「このままではダメだ。このままでは。このままでは、ダメだ」

高校生デビュー

誠一は小学生の頃は、すぐに貧血や脳震とうを起こす、弱虫な子供だった。

中学では、人前で緊張して何も話せなくなってしまう自分自身を「このままではだめだ」「変えたい」「生まれ変わりたい」と心の底から思って過ごしていた。

そんなとき、自分のことを誰も知らない学校に通うことになったのは、誠一にとって、都合がよかった。誠一のことを、誰も知らないからこそできることがある。

高校での新しいクラスの1日目。

ホームルームで、一人ひとりの簡単な自己紹介が終わり、誠一は教室の中で近くにいた数人で話をしていた。

「俺さ、まとめたり、人前で話したりすんの得意だからさ。そういうの俺に振ってくれよ」

そう言い切ってから、永田は奥歯をぐっと噛みしめた。

もちろん大嘘だったからだ。

誠一は人前で話すのが大の苦手である。中学生の時に、全校朝礼で、ただ朝礼台の上で無言で立ち尽くした記憶は、まだ鮮明に残っている。

「だからこそ」と、奥歯を噛みしめた。やってやるぞ！　という前向きな気持ちの表れだ。

そして、その機会はすぐに訪れた。掃除当番を決める仕切り役を、誠一は任されたのだ。

教室の前に出て、クラスのみんなの顔を見渡す誠一。

「な、なにから決めようか？」

そのあと、日替わりで掃除当番をやるということはすぐ決まった。しかし、部活優先の人間はどうするのか？　ゴミ箱がいっぱいになったら誰が捨てに行くのか？　日直と掃除当番は被らないようにした方がいいのではないか？　と次々に意見が出て、まとまらなくなった。全く決まらなくなって、意見を聞くだけ聞いて、どうするかは次回に決めることになった。

冷や汗をびっしょりとかいて、席にもどってきた誠一に、すぐに、からかいの声がかかる。

「お前、仕切るの得意じゃなかったのかよ、グダグダじゃん」

「今日は、あれだ。昨日あまり寝てないから調子が出なかったんだ。俺、午後の方が調子がでるんだよ」

「本当かよ。でも、高校生にもなって、交代で掃除とか、めんどくせぇよなあ…」

その日は、なんとかその場を凌いだ。まずは、誠一が目的としていた「自分改革のスタート」が切れた。

誠一は、翌日からも、毎日のようにクラスで手を挙げ続けた。

そんな誠一をクラスメートは自然に受け入れてくれるようになった。できるできないではなく、なにかあると、「誠一くんがやりたがっていると思います」と、半分からかいながら、半分期待しながら名前が出るようにまでなっていった。

テープレコーダーと鏡

誠一は、小さな頃、ラジオから流れる落語を聞いていた。ラジオから聞こえてくる落語家の、抑揚のある話し方、間の取り方、オチに持って行く構成と伏線とその回収。

誠一は、落語の世界に夢中になった。

テレビで落語を見た時、今度は落語家の表情の豊かさ、そして何もない空間に立ち現れる、景色の不思議さに夢中になった。上手い落語家が話し始めると、あたかもそこに神社の鳥居や祭りの風景が見えるような気がする。夜鳴きそばの店主やそばを喰う町人。気っ風のいい大工や肝っ玉のすわった奥方。ご隠居さんがキセルを吸う風景がありありと見えた時には、心底感服した。

その時は、まさか自分が人前で話をする立場になるとは思ってもいなかったが、落語家のように自由自在に表現できる世界に憧れはあった。

話をどのように構成するかは、わかっていた。誠一が緊張して話せないのは、人前で話しをする機会が圧倒的に少なかったからだ。話すよりも、静かに物事を観察する方が好きだったということもある。

そんな誠一は、高校の初日、掃除当番を決める際に、大きな冷や汗をかいたその日に、ある決意をした。家に帰ると、誠一はさっそく自分の声を録音するためのオープンリールのテープを部屋に持ってきた。

それは父親の趣味のものだった。

当時、何度でも上書き録音ができる録画再生用のテープそのものは高価だった。しかし、一本あれば、何度でも繰り返し上書き録音と再生ができる。練習用にはテープは1本あればよかった。

もう一つは、手鏡だ。誠一が鏡を見るのは、せいぜい、朝、歯を磨きながらと、出がけに服を着るときに少し見る程度だった。誠一には自分の顔を、まじまじと見るような習慣はなかった。

手鏡は母親の部屋から持ってきた。折りたたみ式で、蓋を開くと鏡を立てかける台になって、自立するようになる鏡。母親が使っていたお古で、ずいぶんと年季が入った代物であった。その鏡をオープンリールと自分の間に置き、ちょうど自分の顔が正面に見える位置にセットする。

「よし！」

満足したように、自分の部屋に秘密のスタジオを作り上げ、目を輝かせた。そして誠一は高校時代の多くの時間を、この小さなスタジオの前で過ごした。何百時間も鏡に向かって話しかけながら録音再生を繰り返し続けた。

道は開く

誠一が高校2年生に進級する春の事。新1年生の入学式で、学校案内を壇上ですることになっていた。

毎日の通学路である都会の街中を、ぶつぶつとつぶやきながら登校する人物。それが誠一だった。時折、手を握ったり開いたりしている。

春先になり、季節が陽気になると、いろんな人が街中には出てくる。そんな時期でもあるから、周りの人も変わった人には寛容だ。

「…そう考えるのも、当然です。ですが、本当に大切なのは…」

声のトーンを変え、抑揚を変え、何度も同じフレーズを歩きながら何度も繰り返す。

「本当に大切なのは…『本当に、』で一回切った方がいいな。そして、全校生徒を見渡して間を取ってから、『大切なのは』とゆっくり繋げる感じだな」

両手の平をゆっくりと表に向ける仕草をし、歩きながら身体の前に出した両手を左右へ開いていく。前から来る人混みが、気配を察知して自然と左右に別れていく。

「モーゼは絶対の信念を持っていたから、海を渡れたんだ。だとすると、俺も、絶対の信念があれば、海をも越えられるのかも」

誠一はモーゼが海を渡るシーンを思い浮かべては、ゆっくりと表に向けた両手を身体の前に上げていく。

手の先10メートルくらいまで、道は割れた。通勤ラッシュの時間帯だというのに、誠一の目の前には誰もいなくなっていた。不思議な高校生を、みんなが避けた。

文字通り、道は開いた。

4章　顧客満足委員会

仕掛けと仕組み

1万人を超える社員がいる大企業、日本ARKを変革する。その難しさを一番にわかっているのは永田自身であった。常々、「人は変えることはできない。その人が変わりたいと思うまでは」と言い続けている永田である。人ひとりの変革でさえ難しい中で、組織を変えるには、相応の仕掛けと仕組みが必要だと永田は考えていた。

「上流はまずは押さえた。社長自身のプレゼン力も向上してきている。次は…」

次に永田が目をつけたのは、「顧客満足委員会」の存在だった。永田が本社に来る前から山城が立ち上げていた委員会であった。テーマが顧客満足であるから、お客様のクレーム内容なども含めて、耳の痛い話をする委員会だ。

そのため、メンバーは多い時で山城を含めて数人というのが現状であった。ある日、社長室で永田は山城にこう切り出した。

「山城さん。私は今、部署をまわっているのですが、どうもひとつ腑に落ちないことがあるんです。質問させてもらってもいいですか?」

「永田さんがいろんな部署に出入りしているのは私も聞いているよ。本社の各部門は戸惑っているみたいだが、やめて欲しいとも言われてない。何か言われても『好きにさせてやってくれ』と私からは言うことにしているよ」

「ありがとうございます。山城さんに動きやすくしていただいているので、私も助かります。ところで、お聞きしたいのは顧客満足委員会のことなんです」

山城は、目を細めると、肩をくいっと再び持ち上げ、なんでも聞いてくれという風な仕草をした。

「山城さんが作られたこの委員会。先日は、航空案件のシステムを組んでいた先方の担当役員も招致されたとか。これは本当なんですか?」

「本当だよ。顧客満足委員会だからね。本来ならば顧客そのものの声を集めたいと思っているので、航空会社側の電算部の部長もお呼びしていたんだが、今回は予定が合わなくて実現しなかった」

大胆だった。委員会に社外の人間を呼ぶことですら異例のことである。ましてやクレームを申しつけてきた、先方のシステム担当を呼ぼうとしたという、この業界ではありえない発想だった。

「はい、その噂もお聞きいたしました。それでは、単刀直入にお聞きします。山城さん、この委員会の真の目的はなんですか？」

永田の話し方が変化した。ゆっくりだが、力が増したのを山城は感じた。

永田の目は何かを探るというよりも、真意を射抜くように山城から視線を離さなかった。

「真の目的？　名前の通りだろう。顧客の満足をあげるために、どんなことが起きているのかを知り、これからどうしたらいいのかを考える場だよ」

永田はしばらく黙っていたが、ふっと目の表情を緩めるといつもの調子に戻る。

「そうですか。わかりました。では、この場が顧客満足を高めるための場だとしたら、ＣＳ担当部長である私に、一旦、この場を預けていただけませんか」

「ほう、と言うと？」

山城は面白くてたまらない、という風にこぼれる笑みを隠さずに答えた。

「次回以降、顧客満足員会のプログラム内容、そして進行を、全て私に任せていただきたいんです。よろしいですか？」

山城は笑いながらも、安易にOKを出してしまったプレゼン特訓のことを思い出しているのか、簡単にはクビを縦に振らない。

「プログラムはいいが、ビデオメッセージのように、この委員会でも私の一言一句を監修されては、たまらないなあ」

「そこは、ご安心ください。社員1万人に届けるビデオメッセージとは、もちろん扱いは異なります。山城さんは今まで通り自由にお話していただいて構いません。私に委員会の時間の使い方、中身を全てお任せいただきたい、という申し出です」

山城は、ホッとしたような表情を浮かべてこう答えた。

「そろそろ次の段階に進みたいと思っていたのでね。実は私の方から永田さんにお願いしようと思っていたところだったんだよ。そうしてくれるとありがたい。それでは時間の使い方と、そのプログラムは永田さんに任せるよ。内容に関する事前打ち合わせは、前日までに行なって欲しいが、よろしいかな？」

今度は永田が肩をあげて答えた。

「それなら、ご心配には及びません。山城さんの顧客満足に対する思いは、しっかりと受け止めています。打ち合わせはなしで結構です。山城さん自身にも委員会を楽しんでもらいたいので、プログラム内容は当日まで私の中で温めさせていただきます」

「おいおい、私にも内緒で進めるのか？」

「はい、現場の参加メンバーの増員計画も既にあるので、そちらは事前にお見せいたします。ですが、プログラムは当日まで山城さんにも内緒です。誰にも内緒であれば、当日になって変更しても誰にもわからないでしょう。それが私のプログラムの特徴です」

山城はとてもじゃないが信じられないという風にかぶりを振った。

「嘘をつけ！　1分1秒、息継ぎの仕方まで私のプレゼン指導してくる永田さんのことだ。委員会の開催時間が2時間もあれば、微細にプログラムを作ってくるのだろう？」

「さあ、それはどうでしょう。どちらにしろ楽しみにしていてください。では、事前打ち合わせはなし。当日は私がファシリテーターをするということで、次回からの顧客満足委員会は全て、私が監修させていただきます。よろしくお願いいたします」

永田はそう言うと、わざとゆっくりと、恭しく頭をさげ、部屋を出ていく。

山城は永田の背中を見送ると小さく武者震いをした。

招集令状

ガラガラガラと引き戸が開く音がする。

時間はまだ早い。

お店のカウンターにも、奥のテーブル席にもお客はまだいない。


「どうぞお2階へ」

いつものように大将に右手をあげた駿河の顔が、今日は晴れない。

お店の大将は一旦仕込みの手を止めて、「お疲れですか？　今日はウナギの白焼きでも焼きましょうか」と駿河に声をかけた。

みんなよりも早く店に着いて、少し考え事をしたかった駿河は
「ああ、助かるよ。ちょっと2階で仕事をするから、奴らが来てから焼いてくれると助かるな」

「へい。おまかせください。お疲れもたまっていることでしょうから、景気づけに一番いいところを焼いて、のちほどお持ちいたします」

階段を上がる寸前、おしぼりとコップと栓抜きを小さなお盆にのせて、何も言わずに女将が直接駿河に手渡ししてくれた。

「ごゆっくり」

以前、同期の佐賀の部長昇進を祝う会の帰りにも、駿河はこのお店に寄っていた。先に昇進をされて悔しかった駿河は、カウンターで一人酔いつぶれた。そんな駿河を閉店後まで何も聞かず、ずっとカウンターにいさせてくれたのも、この大将と女将だった。駿河が起きた時には、背中にワイシャツの上から柔らかい毛布がかけられていた。そんな大将と女将の優しい気遣いが駿河にはいつもありがたい。

駿河は大きなカバンを抱え、ダンダンダンダンと勢いよく木の階段を2階まで駆け上がる。

いつものようにビールを一本冷蔵庫から出し、手酌で泡立ちよくコップに注ぎ込んだ。

一息でコップを空に飲み干してから、今度は少しゆっくり注ぐ。

駿河が何か考え事をするときの儀式だ。

そして、会社で支給されている箱型の黒いＰＣを鞄から出して電源を立ち上げた。厚みも重さもまだまだ洗練されたとは言い難いが、バッテリーが2時間しかもたないPCが主流だったときに、4時間以上駆動をするこの可搬型のARK製品は、ビジネスマンのあこがれのPCでもあった。

「うーん、わからん。どういう選考基準なんだ」

画面に立ち上がっていたのは広報の中嶋に調べてもらった顧客満足委員会のメンバー表だった。元々、社長の山城と数名の役員。あとは各部から非管理職のメンバーが集められている委員会だ。

社長の山城と直接話せるメリットはあるにしろ、正直、緊張感が高い割に時間だけ取られる、という噂で有名な委員会だ。さらに顧客満足委員会での決定事項を自分達の部門に伝達すると、今度は現場から鬱陶しがられる。どちらにしろ委員会の仕事は割に合わないと、言われる所以だ。

駿河も委員会の存在は知ってはいたが、あえて自分からは首を突っ込まないようにしていた。実際、佐賀部長の資料を作るのと、自分の課員の営業のフォローだけで精一杯だったからだ。

「駿河、赤紙だ」

「赤紙？　どういうことですか？　私が？　転勤ですか？」

「馬鹿を言え。駿河を私が手放すと思うか。お前との二人三脚でうちの部は持っているようなものだぞ」

面と向かって評価されるのは悪くはなかった。だが、出向や転勤以外に赤紙と言われるのは何なのか、駿河の頭の中に少し混乱が駆け巡った。

「駿河、委員会メンバーに選ばれたぞ」

一瞬何のことかわからなかったが、駿河はすぐに察知した。


「顧客満足委員会ですか？　しかし、あそこは非管理者しか選ばれないんじゃなかったですか？

一応私は課長のつもりなのですが」

「そうなんだ。もちろん会社も管理者の多忙さはわかっているだろうから、売上を上げる重要リソースとして管理職を今まで招集することはなかった。米国本社の手前としても、売上数字はなんとか出し続けなければならないからな」

「ですよね。委員会は開発部や研究部が顧客のクレームを次の開発に繋げる場所、という認識で私もいたのですが」

「それがなあ。今回は課長クラスが二人もエントリーされているんだ。お前も仲のいい第一営業部の花岡もだよ」

「ええ！　花岡もですか。あいつこそ、重要顧客をダントツに抱えているので、委員会どころじゃないでしょう！　何を考えているんだ会社は」

「うーん。ずいぶん思い切った招集だと思うんだが、やはり、あいつが絡んでいるのかもしれん」

「あ！　永田さんですか。今日も会いましたが、私にはそんなことは一言も言いませんでしたよ。もし事前に知っていたんだとしたら、相当なタヌキですよ」

「おいおい。上長にタヌキはまずいだろ」

そう言って自分でもおかしくなったのか、佐賀は大声で笑った。駿河もつられて笑いながら、しかし「なぜ自分が？」という疑問符が頭から離れることはなかった。

小料理屋の2階を足袋の音をわざとトントントントンと響かせて上がってくる音がする。その音で、2階にいるメンバーは、ときには話し声を静める。そういう気遣いがあるのも駿河がこの店を長年使っている理由だ。
「駿河さん。小鉢3点盛りにしておきました。ここに置いておきますので、あとはごゆっくりに」
階段を上がりきらずに、小鉢を置いていくというのも女将の粋な気遣いだ。
ＰＣや、広げている資料をいちいち閉じなくて良いようにとの配慮なのだろう。

「ああ、ありがとうございます。頂きます」

畳の上を滑らせて手で引き寄せ、テーブルにその細長い小鉢皿を引きあげる。長方形の小鉢に仕切りがあり、それぞれにワカメの酢味噌和えや、春菊のお浸し、イワシの煮つけの梅肉添えが並べられている。

駿河はワカメの酢味噌和えを口に放り込むと、また画面に向かった。

「研究部門、開発部門、人事部門、法務部門、債務部門、営業部門、財務部門、広報部門」

あらゆる部門からメンバーが集められていた。

（あくまでもエントリーだから、断ることはできるだろうが、各部門から一人か。これは部門の体裁的にも断りにくいぞ。あそこの部署だけ楽をしてる、と言われかねないからな。そこまで考えての全部門からのメンバー選定か）

顧客満足委員会にエントリーされたメンバーの共通項を見出そうと必死になっていた駿河であるが、その意図を見通すことはまるで、できなかった。

天井を見上げて壁に寄りかかり「ふう〜」とお手上げポーズをしているところに、広報部の中嶋、

第一営業部の花岡、同期の金融営業部の定岡が階段を登って現れた。

「お！　駿河、アラーの神に祈っているのか」

「バカいえ、お手上げポーズだよ。お前らも他人事じゃないだろ、どうなってんだ」

「確かになあ」

「確かに」

現れた3人はまとめて頷いた。

駿河は、集まった同期会、ＳＬ会のメンバーを見ながら、思いを巡らした。

（リストにエントリーされていたのは、今日集まったＳＬ会の4人のコアメンバー全員だった。広報の中嶋はわかる。非管理職で広報であれば中嶋になるだろう。金融営業の定岡も管理職ではないから、順当といえば順当だ。わからないのは、第一営業部の花岡と、第二営業部の俺だ）

2人はともに課長であり営業としてのプレイヤーでもあるから、「起きて息をしている時間は全て営業に使え！」というのが当たり前だった。

「花岡、お前どう思う?」

駿河はいつものようにみんなのビールを継ぎながら、近況報告もなしにいきなり聞く。

「どうって、正直無理ゲーです。部長も困っていましたし、2時間だけの拘束ならまだしも、きっと課題の持ち帰りと、再報告もワンセットになるのでしょうから、どれだけ時間を取られるのか、想像もつかないんですよ」

「そうだよな。定岡はどう思う?」

「俺は金融だからね。まあ長期プロジェクトが多いので、時間はとれるよ。しかし、省庁がらみの案件もあるだろう。袖の下も送れない公明正大な我が部は、そういう意味では顧客様を満足させられるとは思わんね。顧客満足委員会に出たとしてもさ」

「相変わらず嫌味だなお前は。まあ、まともに分析できるのは中嶋くらいか。中嶋、ファイルもありがとな。リストを見ながら目ん玉ひん剥いて、何かヒントが見えないか考えたんだが、俺には何も見つけられなかったよ」

「僕もね、人事情報が入りやすいとはいえ、広報だからね。立ち入ったことは上長にも聞けないんだよ。ただ…」

「ただ、なんだよ」

「駿河も気が付いていると思うけど、大々的にメンバーをエントリーさせた黒幕は、やはり、あいつだと思うよ」

「あいつか。あいつのことを探っているのがバレて、監視するために俺らが全員メンバーに選ばれたのか？」

「いや、バレるほど動いてないよ。このSL会の存在くらいは、気が付いているかもしれないけどね。そういう意味では『お前ら、わかっているぞ』という宣戦布告にも取れなくはない。でもそれは考えすぎかなあ」

「ありえるぞ。部長があいつには気をつけろって言ってんだよ。佐賀さんは、相手のニーズを掴むのが天才だろ。ただ、今回の永田さんのニーズは掴み切れないそうだ。中嶋、お前の方では何かわかったことがあったのか？」

官公庁営業部の実態

小柄でひょうきんな雰囲気をたたえ、しかしその実、抜け目のない観察眼を持っている中嶋は、ビールを一口飲むとこう切り出した。

「永田さんの営業遍歴を調べてみたんだが、なかなか面白くてね。実際、ほとんどが失注で終わってるんだよ」

その場にいた全員の手が一瞬止まる。

「連続失注！　ということか？　なんだそりゃ。失注部長だな」

今時流行りの細い縁のある眼鏡を引き上げながら、そう合いの手をいれたのは、金融営業の定岡だった。金融機関の営業で揉まれている定岡は神経質そうに見えて、飲むとすぐに人にあだ名をつけたがる面白い男でもある。

「そうそう。その失注の理由がまた面白くてね…」

中嶋はカバンの中から取り出した赤いファイルを広げると、眉毛をキュッと引き上げて小声で答える。４人はテーブルに身を乗り出して、じっと、中嶋の赤いファイルの内容に耳を傾けた。

「まずね、配属は中部支社。あ、その前に研修センターでの逸話もあるんだけど、それは後で…」

しばらくの間、中嶋の話を聞きながら、３人はビールを飲むのも忘れていた。コップには沢山の水滴ができて、コップの下には水たまりができていた。

定岡がようやくぬるくなったビールを飲みながら声を出した。

「失注部長、かつては官公庁営業部だったのか。それじゃあ、連続失注も仕方がないな。今でこそ外資排除の気運は少なくなったが、当時は国産のメーカーではなく、日本ＡＲＫの機械を導入したというだけで、新聞の記事になったというからな。まったく不思議な昭和な時代だよ。論理のかけらもない」

定岡の言う通り、当時はコンピュータの規格も、ＯＳとよばれるコンピュータを動かすための基本プログラムも、全て海外に乗っ取られるのではないか、と戦々恐々としていた時代だ。よく言えば、国産のＰＣ、国産のＯＳを何としても根付かせて、海外勢に対抗しようという気運のあった時代でもあった。

中嶋は目で「そうだね」と言う風に定岡に応えた。

「研修センターでの話も面白くてさ。その時に目立ちすぎて、ひょっとしたら、わざと官公庁営業部に配置させられたのかもしれない」

「まあ、俺なら辞めてるな。あんな癒着のクソみたいな世界に1年もいてみろ、接待が高じて、やらかして、結局、クビになるだけだ」

花岡が口を挟んだ。

今でこそ、官公庁のへの接待はご法度だが、当時は各メーカーは当たり前のように夜の会食を繰り返していた。『発注は夜に決まる』と揶揄されたくらいだった。

そんな中で、日本ＡＲＫの中でも、しびれをきらして接待をしたことが社内で明るみにでてしまい、実際に自主退社になったことがあることを花岡は言っている。

中嶋は、まあまあまあという風に花岡を諭して

「ところがさ、その失注部長はさ、お酒が一滴も飲めないんだよ。これは営業マンとしては大ダメージだよな。それに麻雀もできない。花岡は、飲み過ぎの方が大ダメージになるかもしれないけど」

「うるせえ、中嶋。お前に営業の大変さがわかってたまるか。俺は毎日飲んでも飲まれない身体を作るために、飲んでるんだよ」

駿河が笑いながら、そのやり取りを見ている。永田誠一、飲めない営業マン。袖の下も一切行えない会社の倫理観。外資排斥の動き。他メーカの接待営業が当たり前に横行していた時代。官公庁からの受注の見込みもない世界。

その当時に、自分が同じ営業マンの立場にいたらと思うと、駿河はぞっとした。4人は同時に目の前のビールを飲み干すと、紙芝居の続きを待っている子供のように、中嶋の話の続きを待った。

「で、話の続きなんだけど、コンピュータ室がリストからなくなっていた事件ね、すぐに動きがあったらしいんだ…」

４分の１部長

駿河は、すんでのところで、飲み込んだビールを全て吐き出しそうになりながら叫んだ。

「なんだって！　キーマンが死んだのか！」

中嶋は気の毒そうに答えた。

「そうなんだよ。突然のジ・エンド。こんなドラマのラストじゃ、今時のテレビ局には大クレームがくるよね。で、結局コンピュータルームは既存のものに少し毛が生えたような規模になって、他メーカーが、もともとあったコンピュータルームの図面をもとに自社製品に組み替えて、予算縮小をうたって受注したんだ。めでたく失注記録の更新だよ」

皆、押し黙った。それぞれに、営業の場面で契約寸前でトンビに油揚げをさらわれた経験、つまり他メーカーに企画ごと持って行かれた経験があるのだろう。

それを思い出しているのか、中嶋以外のメンバーは苦々しい顔になっていた。

花岡が悔しそうに口走る。

「まあ、お互いに商売だからな。利用するものは利用するさ。でも死人に口なしとはいうが、やり方がきたねえなあ。死んだら終わりかよ。図面も使って仁義はないのかよ」

「おーおー肩を持つね。花岡は最初から、反永田派じゃなかったっけ？」

駿河がそう言うと、花岡はビールを手酌でコップにつぎながらこう答えた。

「それとこれとは別だ。ただ、さすがに、その件は失注部長永田さんに同情するわ」

「金融はそういうドロドロしたことは、起きないようにしているからね。まあ別の意味でドロドロしてはいるんだけど、同情はしない。ただの失注だろ、それもひとつの結果でしかない」

と金融営業部の定岡も参戦する。

中嶋は頃合いと見たのか、赤いファイルをパタンと閉じると、ぬるくなった自分のコップのビールを飲み干した。


「まあ、今回の報告はこのぐらいだね。このあと連続失注記録は止まるんだけど、その初契約が、これまた、地獄みたいな、ヤクザまがいの契約先でね。本当にあの人はついてないと思うよ。僕なら、とっくに逃げ出していているね」

花岡が言葉を差しはさむ。

「永田さんは何年も官公庁営業部で辛酸をなめていたということか。同期がどんどんインセンティブで結果を出す中、固定給しかもらえない営業は、おそらく給与も同期の半分以下だよな。人の倍も努力して、その結果、給与は同期の半分以下。掛け算したら4分の1くらいの報酬感覚だ。

失注4分の1部長さんだな」

駿河はそんな永田に同情しつつも、その部長の背景を探るようにつぶやいた。

「あいつのプレゼン力は、そんな辛酸をなめ続けた経験から来ているというわけか」

中嶋はすぐに駿河を遮った。

「いや、違う。プレゼン力がなかったから、失注をしていたのではなくて、当時の環境がそうさせていただけじゃないか、と自分の分析では思っているんだけどね。なぜかと言うと、そのあと、部署移動になってから、突然受注できるようになるんだよ。しかもヤクザまがいの契約を、これまた凄いやり方で受注するんだよ」

「ふうむ、そうだな。どちらにしろ、明日の顧客満足委員会に出れば、あいつがどんな奴でどんなことを考えているのか、わかるんじゃないか。それからあいつの目的を考えても遅くはないな」

定岡はしびれを切らしたように、言い放った。

「もういいだろ、やつ、失注4分の1部長はまだ謎ということで、今日はもう食べようぜ。俺、今日お昼も食べれなかったから、腹が減ってるんだ。なんか食べさせてくれ」

その言葉に第一営業部の花岡も悪乗りしてのってくる。

「賛成！　中嶋先生の講義はもう終了でいいですか？」

「うん。飲もう」

気分を害すことなく中嶋もそう応える。

駿河は苦笑いをしながらテーブルを見回すと、ＰＣを丁寧に鞄にしまい込んだ。

「そうするか。明日になれば何かわかるだろう。みんな、今日は大将がウナギの白焼きを焼いてくれているはずだ」

「おお！　白焼き！　いいね！　それに日本酒も」

「飲みすぎんなよ。花岡」

「だから、お酒に飲まれないためのトレーニングだって言ってんだろ。腹減り小僧、定岡は黙ってろ。酒持ってこーい！」

その晩、ＳＬ会の４人は閉店まで飲み続けることになった。

顧客満足委員会

そう大きくない会議室だった。20名も入れば追加の椅子も入らないだろうその会議室に、顧客満足委員会のメンバーがいた。

山城社長以下、白石補佐を含めて役員は４人。そこにＣＳ担当部長の永田と、委員会のメンバーが揃っていた。各部門から選ばれた若手中心の選抜であった。

今まで数人単位で行われていた顧客満足委員会が、一気に10名ほど新規メンバーを増やしての初めての会合になる。時間は朝9時から11時までの2時間。室内は、どこへ向かうのかわからない不安と、何かが起きるのではないかという熱気に包まれている。

「時間になりましたので、会を始めます。まずは本日、ここにお越しいただいた顧客満足委員会のメンバーの皆様。お忙しい中をありがとうございます。

私は、本年から本社勤務になりました業務改革推進本部、CS担当部長の永田です。今は本社に慣れるため、顧客満足の実態ヒアリングのため、様々な部門に顔を出させていただいています。本日からこの会のファシリテーターを務めさせていただきます。よろしくお願いいたします」

会議室は横長にテーブルが並べられていた。一番奥のテーブルにいるのが社長の山城だ。その山城の隣には白石社長補佐。そして永田が並んでいる。メンバーはちょうど向かい合わせになった格好で座っていた。

「それでは、顧客満足委員会の生みの親でもある山城さんに、ご挨拶をいただきます」

永田がそう言うと、すっと山城が立ち上がった。山城は海外に出れば小さい方だが、日本ではそこそこ身長がある方であった。立ち上がると、椅子に座っているメンバーが見上げるような形になる。

「山城です。初めて委員会に参加される方も、今日からよろしくお願いいたします。各部門からこれだけのメンバーがこの委員会に集まってくれて本当に嬉しく思います。先日、私がビデオメッセージでもお伝えした通り、弊社は昨今システムインテグレーターとして一括してお客様から業務システムを請け負うことが多くなってきています。それゆえマシンの知識だけではなく、お客様の業種業態そのものに対する理解がますます重要になっています。

改めて「顧客満足」とはなんでしょうか？　お客様企業が喜んでくれること。それだけでは足りません。ユーザー企業様が抱えているエンドユーザー一人ひとりのお客様が、喜んでくれるシステムを提案・提供していくのが、我々の顧客満足なのです。つまりお客様のお客様を満足させていくことです。何万、何十万、ときには何百万ものお客様の満足を目指していくのが、我々が目指している顧客満足です」

山城は、会を見渡し机にあった水を一口飲むと、続けた。

「しかし、今までのやり方では、どうしてもそこまでの想像力が我々にはありませんでした。ユーザー企業の担当者様の満足に留まっていました。ユーザー企業のその先のお客様が、今どんな事柄でお困りになっているのか、将来どんなことで喜んでくれるのか、そのために私たちが今からできることは何なのか、それを徹底的に考える場所。それが、ここ、顧客満足委員会です。私の力だけでは、ユーザー企業のその先のお客様の声を全て聞くことはできません。ぜひ、この委員会を通じて、生の、生きたお客様の声を皆さまから聞かせて欲しい。会社の耳として働いてほしい。そして、ユーザー企業様からはもちろんのこと、本気で、世間から、何百万、何千万人ものエンドユーザーのお客様から「日本ＡＲＫはいい会社だね」と言われる会社にしていきたい。そう私は願っています」

そこまでよどみなく言い切ると、山城は深々と頭をさげた。

「改めて、ここに集まっていただいた皆さま。よろしくお願いいたします」

今回のスピーチは永田のシナリオではない。山城が自ら考え、自ら話をしたものであった。それだけに熱量とともに山城のキャラクターが伝わった。永田は心の底から頷いて聴いていた。

上場企業の中では、社長と一回も話をせずに定年をむかえていく社員も決して少なくはない。何万人もの人数がいる会社では、構造的に一人ひとりとゆっくり話し合うことは不可能だ。社長も外部との仕事が多すぎて、社員との直接の触れ合いが少ない。

そういう意味でも、社長の山城が参加するこの顧客満足委員会は異例中の異例の会であった。はじめ緊張していた委員会メンバーも、社長の話を直に聞くことで自身の役割が明確になったはずだ。

「ありがとうございます（よし、ダメ押しだ）」

永田は間髪入れずに、立ち上がって話し始めた。

「皆さん。問題は現場で起きています。その現場に出ているのが皆さんです。ですから顧客満足に一番近いところにいるのが皆さんなのです。想像してみてください。皆さんの上司に任せていて、顧客満足度が今後とも高まると思いますか？」

永田はここで、少し時間を取った。それぞれの上司の顔を思い浮かべて欲しかったからだ。

「高まるかどうかは、胸の内に秘めてもらってかまいません。しかし事実はあります。皆さんが本気にならなければ、社長のところに届く顧客の声は、いつまで経っても、組織的に、部門的に、みごとに改ざんされたものであり続ける、という事実です。

今までの声では、足りないのです。皆さんの力で現場の生の声を届けてください。そして、山城社長と一緒に、生の声の問題解決のためのディスカッションをしましょう。綺麗にまとまった作文のような報告書は、この委員会にはいりません。文章ではなく、ここでは本気で本音でぶつかりあいましょう」

そこまで一気に話すと、山城を含めた全メンバーから拍手が自然に起きた。

永田は自分が選んだこの委員会メンバーが、組織風土を変えていく試金石になっていく事に確信を持っていた。即断即決の山城がこの委員会のメンバーの選定にだけは慎重になっていることに、永田は違和感を持っていた。そして、言葉には出さずとも、山城が『自らがメンバーを選んだ形』にしたくないのだと悟った。それを確信したからこそ、永田は『監修させていただく』という言葉を使った。監修という言葉には、今回のメンバーの選定も含んでいた。CS向上には時間がかかる。だからこそ、何があっても改革の為の委員会を残すことが優先だ。万が一、今回のこの委員会メンバーで失敗しても、メンバーを選んだ永田自身がクビになればいい。そのために永田は自らの進退をかけ、自己判断で新規メンバーを選んだ。山城も何も言わずそれを受け入れてくれた。

山城が作った顧客満足委員会。その委員会を魂あるものにするために、永田が動き始めた。果たして、この顧客満足委員会が、組織を変革するための重要な耳の役割を担うことになっていく。

アンケートの9割削減

コンコン、コンコン！

社長室の扉を叩き、軽く一礼をすると、永田はまっすぐ山城社長の前へと進み出た。

「山城さん。顧客満足委員会、いよいよ動き出しましたね」

「ああ、いよいよだ。私が長年やりたかったことが進み始めたよ。永田さんにはメンバーの選定も含めて大きなことをしてもらったと思っているよ。感謝する」

「何を言っているんですか。あの場は山城さんのあの本気のスピーチがあったから始まったんですよ」

「そして、永田さんの、本気のダメ押しもな」

「はい。そこは進退をかけて、と言うと大袈裟になりますが、まあ、何を言われても私が責任を取ればいい、と腹をくくっていました。ただの田舎侍が一人減ったところで、この会社はビクともしないはずですからね」

そこまで話すと、永田は明るく笑って、今度は少し真面目な顔になってこう切り出した。

「山城さん。今日は次のお願いをしに来ました。現場をいろいろと見させていただきましたが、一番現場で困っているのは本社からたくさん来るアンケートです。それぞれの部門がお互いに『この案件の売上見通しはどうだ？』とか『どれだけ売れたんだ？』とか『さらに売るにはどうしたらいいか？』など、現場同士でのアンケートが毎週のようにあるんです。アンケートそのものはいいことなんですが、本社の部門が横連携してないために、同じ質問が繰り返されるアンケートが散見されます。いろいろ無駄が多すぎます」

山城は話を聴きながら、永田が言いたいことを探るように静かに頷いていた。

「そんな重複したアンケートがお互いに乱立するのは、良いこととは思いません。そこで、今後、『現場へのアンケートは業務改革推進本部経由で、業務改革推進本部が承認した物のみとする。それ以外の直接の現場へのアンケートは禁じる』という通達を各部に出したいのですが、よろしいでしょうか？」

もう大抵の永田の行動には驚かなくなっていた山城だが、この提案にはいささか驚いたようだ。通達するというのは、会社命令で全部門、1万人を超える組織全体に新たなルールを設けるということを意味する。かなりインパクトがある提案だ。

「永田さん、やりたいことはわかりますが、どのくらいの整理をしようと思っているのかな？」

山城は、その提案のインパクトの大きさを測るために、永田に質問をした。

「はい。現状のアンケートを9割削減しようと思っています。部門から個別に発するアンケートは全部禁止です」
「9割だって！　それでは、今行われているほぼ全部のアンケートを禁止するということかい？」
永田は、「全部？」という顔をわざと山城に社長に向けて
「全部ではありません。9割と申し上げました。少しは残ります。たかだか10分の1にするだけです」

山城は今度は社内全体のインパクトを測るように熟考しはじめた。永田はその表情を確認すると、静かにこう話し始めた。

「山城さん。顧客満足委員会で社長本人がおっしゃったように、今、現場がやるべきことは、社内の顔色を伺うことではないのです。『現場にやってもらうことは、現場から顧客の声を集めてもらうことだ』と、社長自身がおっしゃいました。
しかし、現場はアンケートに答えるために膨大な時間を費やしてます。アンケートが来てから、そのアンケートに良い回答をするために、その場しのぎで行動を決めている節さえあるのです。それは本末転倒です。見ている先が顧客ではなく、社内になっています。それは逆ではないですか？」

山城はようやく永田が何を言いたいのかを理解したようだ。しかし、その眼の中にはやはり戸惑いも残っている。永田は言葉を重ねた。

「アンケートを作る側も調査しました。結果、ほとんどやる必要のないアンケート調査ばかりをやっていることがわかりました。アンケートの作成側は自分の立場を守るため、報告書の承認をもらうためにやっているのです。そんな発想からのアンケートですから、内容は業務承認のための誘導質問ばかりです。そして、質問の内容は各部、ほぼみな同じです。9割を削減すると私が言っているくらいなので、どのくらい重なっているのかは推測できますよね。回答する側の本音も聞きました。予想はしていましたが、衝撃の告白でした。社長にとっても耳の痛い話かもしれませんが、現場の声そのものをお伝えしてもよろしいですか？」

永田はここで言葉を少し切った。

山城はふうと一息吐息を漏らすと、しっかりと永田の目を見て「続きを」と言った。

永田は手元の紙をわざと顔の目の前に持ってくると、その内容を一言一句読み上げた。

「現場の声をそのままお伝えします。口頭で現場の担当者に伺った話です。『アンケート？　ああ、大量にあるから、ある程度は事前回答できるように準備してあるよ。あのアンケートから3ヶ月経ったら、次のアンケートは、もうちょっとこういう風にしておかなきゃいけないなと、先に予想して回答を作ってあるからね』」

山城社長は大きく頷いた。

永田は今度は優しく語りかけるように話しだした。


「つまり、部門や本社の方針や目標と関係なく、アンケートの結果に合わせた、突っ込まれないための、実態と違う報告書をいっぱい書いているという事実です。それらしく綺麗に彩り、カラフルに作った資料が本社に山のように報告されてきていますが、実態はアンケートの弊害による嘘の資料だったことがわかりました。山城さん、責任は私が背負います。事業改革推進本部からの通達、ご承認いただけませんでしょうか」

山城は口を噛みしめた。

「永田さん、わかった、通達を出しましょう」

ここまできて、ついに、山城自身も腹を括った。

各部門からどんな反発が来るかわからない。それを含めて引き受けることにした。

その覚悟の一言だった。


「ありがとうございます。山城さんならば、きっとわかってくださると思っていたので、既に通達文章は作成済みです。これから早速出させていただきます」

山城のやれやれという表情は、しかし、どこか嬉しそうでもあった。

嘘は心の健康に良くない

アンケートの9割削減の通達は、瞬く間に現場を変えていった。

まず、ほとんどのアンケートがなくなったことで、物理的な業務量が減った。

そのことだけでも現場からは喜びの声が上がった。

次に、過去のアンケートを意識しながら仕事をする必要がなくなったので、現場の業務がシンプル化された。いちいちアンケートの項目を念頭において、次のアンケートを予測しながら行動しなくてもよくなったのだから、当然と言えば当然だ。

さらに、アンケートに縛られることもなくなり、アンケート結果との整合性をふまえた嘘の報告書を書かなくてよくなった。


嘘をつくということは、現場にとって、精神的にかなりなエネルギーを消費していたということだろう。中間管理職も粉飾した報告書の作成から解放されたことにより、余計なエネルギーを使わずに済むようになる。代わりに、その嘘をつくための時間を、もっとクリエイティブなこと、本来のお客様への価値提供に使えるようになったのだ。

現場業務がシンプル化されて時間的余裕が生まれたこと。

嘘の報告書を書くための物理的、精神的リソースが新たな目標管理に向けられたこと。


結果、ものの見事に短期間で業績に変化が現れた。

現場も管理部門も現金なもので、数字で業績の変化が現れ始めると、今までアンケートの廃止に反発的でくすぶっていた一部の人間も、文句を言うことがなくなった。


その変化を見ていた永田は社長にこんな名言を残した。


「山城さん、私の中で名言が出来上がりました。お聞かせしましょうか？」

「ああ、聞かせて欲しいね」

「はい。『資料が綺麗で、ぶ厚い場合、そのほとんどは嘘である』という言葉です。資料というのは、色が綺麗で厚いほど、嘘ばかり。そういう風に今回の件で私は確信を持ちました」

「綺麗で厚い資料は嘘。確かに名言かもしれない。しかし、そんな言葉を聞いたらがっかりする人が社内にたくさんいるので、それを言うのは私の前だけにしておいてくれないか」

「もちろんです。ただ似たような表現では、私は今後も現場の部長へは伝えていきますけどね。

分厚すぎます！　と」

二人は、そう言って笑い合った。

「ところで山城さん。例の支援プログラムの件ですが、そちらの報告もよろしいでしょうか？」

「はい、永田さん。お手柔らかにお願いします」

第一営業部の部長室で、部長の奥が、眉間に皺をよせていた。
ワンオンワンミーティングにおける衝撃の山城社長の本気。そのあと、第一営業部の戦力層である課長の花岡が顧客満足委員会のメンバーに抜擢されたこと。情報収集のために機能していた部門からのアンケート実施依頼の禁止通達。
現場からは賛否両論があがっているが、部長という立場からすると、その急激な改革スピードに正直戸惑っていた。奥は何年もかけて構築してきた部門の管理体制が弱体化されていく危険を感じていた。

そこにきて、支援プログラムの見直しをするということを、先日の部門長会議で、業務改革推進本部の永田が言い出した。支援プログラムとは、現場の営業マンがお客様に商品を売りやすくするための取り組みの総称だ。

（過去から積み上げた支援プログラムが、ごまんとある。現場はそのプログラムも有効に使いながら実績をあげているのだから、今更それを見直すと言われても、現場に混乱が生じるだけだ）

奥は、ひそかにそう思っている。

「これ以上、現場に干渉してくれるな！」というのが奥の本音だ。

他の部長からも「永田がまた何か変なことを考えてる。今度は何を考えているんだ？」と相談がきていた。

もっとひどい言い方をする部長もいる。

「社長のお気に入りだかなんだか知らないが、好き勝手するのもいいかげんにしろ」と。

その言い方はさておき、奥自身も本社で着実に積み上げてきた仕組みをいじられるのが面白くないという思いは一緒だ。何人かの部長と話をする中で、永田に物を言う役割として、相手のパーパス（目的や意図）を見抜く力のある奥が適任だろうということになっていった。

目的の調査を頼んでいた花岡からの回答は

「奥さん。永田さん、なかなかの人物ですよ。官公庁営業部では辛酸をなめていたようですが、その一つひとつのエピソードは興味深いです。顧客満足委員会での発言も、納得することばかりで、最初は私も疑っていましたが、業務改革推進本部に抜擢されるだけのことはあるかもしれません。本気で改革しようという想いが感じられます」

と、完全に永田にほだされているような報告を受け取った。

そんな人物が本当に存在するのか。裏の意図があるのではないか。

それが奥がまだ判断できない理由だ。

早すぎる改革にも奥の心は警鐘を鳴らしている。ひとつの変化を理解する前に、すぐに次の変化が起きているので、踊らされている感じが気持ち悪いのだ。

コンコンコンコンと部長室の扉がノックされた。

「奥部長、失礼します。永田です」

そう言いながら部長室に入ってきた永田は、相変わらずニコニコと表情が読めない、と奥は感じていた。

「永田さん、突然呼び出して悪いね。単刀直入に言うが、現場へのアンケートを禁止した永田さんが、今度は支援プログラムの評価を現場に確認しようとしていると聞いているが、そんなことをする必要があるかね？　永田さん自身がやっていることが矛盾してないかな」

永田は言葉の意図をゆっくり飲み込むと、こう答えた。

「はい。まず支援プログラムの評価を現場にお願いしているのは事実です。必要はもちろんあると思って実施しています。そして私自身の矛盾ということですが、アンケートを中止しておいて、支援プログラムのアンケートを自らするのはおかしい、という意味でしょうか？」

「その通りだよ。部門からのアンケートは禁止して、業務改革推進本部としてのアンケートだけ実施するのは矛盾だろう？　どういう了見なんだ」

「ありがとうございます。まず廃止したアンケートは現場の報告書と連動するものでした。これは部長も知っての通り、廃止した成果も出てきていまして、アンケートを廃止したことで現場の仕事が簡素化し、報告書の質的変化が起こったと認識していますが、ここまであっていますか？」

この点は、奥も認めざるを得なかった。自らの部門がアンケートを回収できなくなったのは、予測不可能な点も増えたのでデメリットであったが、アンケートの廃止によって、出来上がってくる報告書が業務内容に直結した内容にシンプル化したことは、奥も感じていた。

実際、アンケートと報告書がここまで連動していたということに、奥自身驚いてもいた。

「ああ、部門予測がしにくくなったことはあるが、報告書がシンプル化されてそのリソースが思いのほか、現場に変化をもたらしたのは認めよう。しかし、その上で自らのアンケートだけを実施するというのは、どう説明するね？」

「はい。実は今回の支援プログラムの評価シートに関しては、アンケートではない、という認識をしているのです。もちろん報告書との連動もありませんので、今出ている成果と逆行するものでもありません。奥部長は、もしかすると、支援プログラムという制度そのものの廃止を懸念されているのかもしれませんが、そこは目的ではありません」

「なるほど、支援プログラムの是非を問うアンケートではないと。では、今回の評価シートを実施する目的は何なんだ？　そこを明確にしてくれないか？」

奥は、永田が支援プログラムを廃止するのではないか？　という奥の懸念を晴らしてくれたおかげで、少し和らいだ気持ちになった。

「目的は評価シートという名の通り、評価そのものです。支援プログラムは、次々開発され、本社から支店、その先の現場まで提供されています。そこで売上の向上が認められたものや、現場がより効率的に動けるようになったものが使われ続けています。しかし、時代の流れとともに、本来使われる支援プログラムに変化が起きるべきなのに、成果が頭打ちになっても、同じ支援プログラムが使い続けられているということに疑問を持ちました。

これは、本社の支援プログラムの開発が怠慢なのか、現場に本当に変化が起きていないのか、それとも新しく開発された支援開発プログラムそのものが使いにくいのか、あるいは知られていないのか、いずれかが原因だと考えたのです」

「ふうむ。ずっと同じプログラムを使い続けているという側面は確かにある。それは便利で実用的だからだと認識しているが、そこに疑問があると？」

「はい。会社の方針が毎年変わり、部門の方針が毎年変化していく中で、現場の支援プログラムだけが変化しないことにこそ、私は矛盾を感じるのです。業務改革推進という名前を頂いていますので、現状維持ではなく、膠着している現場業務があれば、それを改革推進するのが私の仕事だと思っています」

「永田はなかなかの人物であり論客だ」と、他の部長からも聞いてはいたが、こうして二人きりで話をしてみると、その事実を認めざるを得ない、そう奥は感じていた。

奥が懸念していた急激な改革では今回はなさそうだという安堵とともに、ＴＱＣ（全社的な品質管理）により年度方針が変わっていく中で、現場の支援プログラムは、従来のものが使い続けられている、ということに永田の話を聴きながら奥自身にも疑問が生まれてきていた。

「確かに部門方針も毎年変わっていく。それを踏まえて現場に動いてもらっている、と認識はしているが、支援プログラムも合わせて変わっていく方が全ての流れに矛盾がないということか。しかしだ、永田さん。また前と同じ質問になってしまうかもしれないが、あんたはどこまで本気なんだ？　田舎侍と言われているのは知っているのだろう？　矢面に立つようなことをして出世欲はないのか？」

「はい、ありません。そして米国本社も変化し続け、変化を恐れない我が社にあって、変化していないことがあるとしたら、そこに何か原因や課題があるのではと常々、奥部長も考えていると思います。今回、いろいろお考えになってることが、どれだけ役に立っているのかを、少し現場の方に確認してみたいなと思っているだけです。ちょっとだけ、やらせていただけませんか？」

「なるほど。廃止前提のものではないということ。組織全体の連動性を確認したいということ。それは理解したよ。本当に支援プログラムが役に立っているかいないかの確認であれば、やってみたらいい」

「はい。少なくとも、業務改革推進の役割がまっとうできなければ、本社に私は必要ない、と思えるほどには本気です。矢面に立って、あえて降格されたいとは思いませんが、それよりも、大好きな日本ＡＲＫの、この企業の風土を支える礎になりたい気持ちの方が勝っています。礎になるのはまだまだ遠い道のりだとは思っていますが」

「また、そういう言い方をして。出世欲もないと言い切って、相変わらず永田さんは読みきれんなあ。わかったよ。まあ、いろいろ言われているけど、今日、私が永田さんに説明を受けたことは、代わりに他の部門にも説明してやるから。やるだけやってみな」

「ありがとうございます。奥部長。頼りにしています」

そこからはスムーズに、現場の支援プログラムに関する評価シートの回収が進んだ。義理人情に厚いとされる奥部長が他の部長からの反発の火消しをしてくれていたことが、顧客満足委員会での駿河課長からの報告で永田の耳にも聞こえてきた。

結果、驚くべきことに、現状使われている支援プログラムの半分以上は役に立っていなかったことが判明する。永田が予測していたことではあるが、現場の変化に支援プログラムの変化が追いついていなかったのだ。

それ以上に驚くべきことは、評価シートのプログラム一覧を見た現場から、「こんなに支援プログラムがあるとは、知りませんでした」という声が沢山上がったことだ。

支援プログラムの累計のリリースの数が多すぎて、現場まで伝わっていなかったのが原因だった。

嬉しい誤算は「こういうプログラムがあるんだったら、使いたい！　そういう支援を受けたい」との声が評価シートに多く寄せられたことだ。

現場からのそんな前向きな声をまとめて、本社の各部門にフィードバックをしたところ、本社側でもプログラム開発と同時に、プログラムの告知にも拍車がかかることになった。

次第に、新しい支援プログラム利用率も向上していき、喜びの声が現場から上がってくるようにもなった。現場からの喜びの声に呼応するように、業績も上がりはじめるという良いループに入り始めた。

奥部長の永田への信頼は、それ以降、確実なものになっていった。

業務改善～仕事とは、お役に立つこと

永田の仕掛ける、業務改革、業務改善の行動は止まらない。

次に永田が着手したのは、商品説明資料だ。
システムは会社の数だけある。それに必要な仕組みやハード、ソフトともに日進月歩で進化する。日本ARK内部だけでも、毎週のように新しいシステムがリリースされていった。そして、新しいシステムがどこかで軌道に乗ると、それが全社的に広がっていく。それがさらにワールドワイドで展開されるのだ。

悲鳴を上げているのは常に現場だ。毎週のように新しいサービスの説明書が本社から支店へ、支店から現場へと届く。時には説明ビデオも一緒に届いた。
現場には、見ていないビデオがうずたかく積まれていく。

「おい、説明資料、また来たぜ」
「あちゃー。またビデオ付きかよ。もう、俺、見ていないビデオがタワーになってるよ。家で録

画したドラマも見てないのに、なんで俺たち、こんなにビデオを見なくちゃなんないんだよ」

「俺もビデオとか倍速で見ても追いつかないよ。しかも資料がさ、見てみろよ、これ。いままで一番分厚いんじゃないの？　2センチはあるぞ」

「誰が見るんだよ、そんなもん。なんでコンピュータの会社が紙まみれになってんだよ。それこそ、そのうち説明書がハローページみたいになっちゃうんじゃないか」


永田が名古屋の支店にいた時から、全く状況は変わっていない。

むしろ、商品リリース数が増えていく中で、読み切れない説明資料に埋もれ、現場は半ば諦めムードになっていた。


ここに永田は手を入れるのである。

商品開発に関わる部署に「A4用紙1枚裏表で読める資料を作ってください」と、業務改善を要求してまわったのだった。もちろん開発部、商品部、マーケティング部など、説明責任がある部署からは猛反発をくらうことになる。

◆◆◆

開発部の福田部長は、部長席にすわったまま、目の前の永田からの直接的な要求に、明らかにイライラしているように見えた。

「表裏1枚でどうやって説明しろって言うんだ！　全部、必要なことを書いてあるのだから、それを見れば説明できるように、資料は作っているんだよ」

永田は、業務改善のスタンスを一向に曲げない。

「でも、実際、現場では説明できていないですよ。書いてあるから見ろでは、見てくれてさえいません。読んでもらえる資料を作って初めて、伝わった、ということになるんじゃないですか？」

「だから、なんでそこまで、手取り足取り面倒を見なければならないのか。うちの営業はな、優秀な立派な社会人なんだぞ」

「はい。立派な社会人だからこそ、こちらも立派な資料を作らなければならないのです。『読め』『読めない』で、お互い押し付けあっていても、本当に業績はあがるのでしょうか？　私には疑問です」

永田は、ニコッと微笑むとこう言ったた

「ここはひとつ、当事者に聞いてみましょう。お電話をお借りしてもよろしいですか？」

永田は福田部長のデスクにあった電話をその場で借りると、内線で第一営業部の加瀬に電話をかけた。

加瀬が、福田部長の目の前にあるこの説明資料の商品の担当だということは事前に調べてある。

「業務改革推進本部の永田です。お忙しいところおそれいります。第一営業部の加瀬さんで間違いないですか？　少し確認したいことがあるのですが、先日お渡しした商品資料、はい、それです、その資料を読んでどう思われましたか？　あ、まだ読んでいない。他の方で読まれた方がいれば感想を聞きたいのですが、あ、まだ誰も読んでいない。しかし一週間前ですよね。業務が忙しく、資料を読むためのまとまった時間が取れないと。明日までにはなんとか？　いえいえ、責めるつもりはないんです。確認したかっただけですから、大丈夫です」

永田が電話を切ると、福田がすかさず嫌味っぽく言い放つ。

「いやらしいやつだな」

「すみません。やらせではないんです。まず事実を知ること、そこから改善して、はじめて業務改善の仕事になるんです」

第一営業部の加瀬は、重要なお客様を抱えている優秀な営業マンのホープだ。その加瀬がまだ資料を読めていないということを指摘されて、福田は形勢の立て直しようがない。

「だったら、どうしたらいいんだよ」

「現場の関係者が集まる会議に出て、事実を聞いてみませんか。私の方で明日、何人か集めてみますよ。明日15時ごろ、お時間頂戴できますか?」

「わかったよ。お前は秘書と仲がいいからな。明日、私のその時間が空いているのも、事前に情報を押さえているんだろ。しかし一旦現場の声は聞くが、まだ、そうすると決めたわけじゃないからな」

「もちろんです。でも、福田部長はやはり人物ですね。奥部長が福田部長なら信頼できると教えてくれたので、今日は、直接お話しできるのが楽しみだったんですよ」

「奥め、軍門に降りやがったな。ああ、まあ、あいつの顔も立ててやらないといけない。とりあえず明日は出てやるよ」

「ありがとうございます。明日またよろしくお願いいたします」

翌日、開発部の福田部長と永田は現場の複数の営業担当者から話を聴いた。

福田は、永田には煙たい顔を隠さなかったが、加瀬をはじめとした現場の担当営業からの話は真剣に聴いた。

そして、その場で、いくつか自分でもアイデアを出した。その手前、説明書の改善については、引くに引けなくなっていった。

頃合いと見た永田が、机に今までの説明資料を広げると、次々と、ペラ1枚にするためのアイデアを出していった。

「ここの文字は極力小さくならないように。この文章は短く言い切りで。この商品特徴は残して、狙いと販売方法のアイデアは図にしてキーワードだけ残して矢印で繋ぎましょう。ここまでが表面ですね」

永田の言葉に、現場の営業担当者である加瀬が身を乗り出す。

「永田さん。であれば、裏の最初に再度狙いを書くことで、興味をひっぱって、そこから具体的な販売方法を3つに絞って書くのはどうでしょう？　裏マニュアル的に」

「なるほど、裏マニュアルか、それはいい。実際のマニュアルは裏！　という定番が出来上がれば、見る方も心づもりができつつ読めるな」

そう答えたのは永田ではなく福田だった。

福田はそう言った後、「エヘン」と大きな咳ばらいをして、少しバツが悪そうに永田を見た。永田の耳元で永田にだけ聞こえる声で「策士め！」と福田はつぶやいた。

◆◆◆

福田が許可を出したペラ1枚の説明資料が一つ完成すると、文句を言っていた他の部門も、できないとは言いにくい雰囲気となっていった。

永田は次の部門、また次の部門とまわり、できない理由を潰しながら、一つひとつ説明書の完成まで付き合った。説明書ペラ1枚という結果を各部に実績として増やし、「資料1枚、やればできる」と風向きが変わり始めた頃には、現場に変化が起こり始めた。

現場の営業マンから「要点がわかりやすくなった」という声が上がり始める。ビデオや資料が積ん読になることがなくなっていく。結果、営業マンの精神的な罪悪感も軽減された。説明資料に目を通す習慣ができてきたのだ。

全ての営業マンが一通りの資料を把握したことで、必然と業績も上がっていく。現場は、本当に業績が上がると知れば、我先にとやり始める。

そして、数年が経つ頃には、「説明書ペラ1枚」は各部門の常識となりそれが当たり前の企業風土になっていった。

「当たり前にできるようになったら、ようやくその仕事の改善は終わりになる。目的はお客様支持率ナンバー1企業になること。社員満足度の高い職場を実現すること」

永田は、その言葉を、自らに語りかけるように、いつもいつも口に出し続けていた。

挨拶運動

会社の風土にまで直結するCS向上、ES向上の業務改革を次々と行っていた永田であるが、ある時、いつものように山城社長に呼び出された。

「永田さん、後でちょっと社長室に来てくれる？　お客様からのコメントで気になることがあるんだよ」

永田がいつものように社長室に入ると、山城はいつもと変わらずの雰囲気だった。

「なんでしょうか？」

「永田さん。うちの社員って、どうやら、会社を出るときに、挨拶をしていないらしいんだよ。ある大事な大企業のお客様から『お宅の会社の社員は、帰る時の挨拶を周囲にしないのか、守衛が一人声を出しているだけだ。誰も応えない。そんな会社なのか』と言われたのが、ちょっと気になってね」

「なるほど、確かに挨拶が活発な会社とは思われませんが、お客様に感じられてしまうくらいというのは、思っている以上に深刻かもしれませんね」
「だから、なんとか挨拶できる会社にしてくれませんか」
「わ、私の仕事ですか」
「永田さん、面白いね。あなた以外に誰がやるんですか？　ＣＳ推進担当部長さん」

山城社長の話にまんまと乗せられ、永田はまず挨拶率をデータにするために調査をすることにした。事実データに基づかないと、この手の精神論的な話は先に進まないと知っていたからだ。挨拶をしましょう、という標語では、誰も動かない。

当時、日本ＡＲＫ本社の出入口を使う人は一日８０００人。調査会社に依頼し、玄関先に立って、左右それぞれの手の中に、いわゆる交通量調査等に使うカウンターを持ってもらう。右手のカウンターは、挨拶した人がいたら１クリック、左手のカウンターは挨拶していない人が通過したら１クリック、と調査方法が決められた。

しかし、始めてすぐに調査方法に修正が行われた。挨拶をしない人の方はカウントするのをやめ、挨拶した人だけをカウントすることに方針変更となった。驚くほどに挨拶する人がいなかったからだ。

次に、永田は時間別データなど、細かなデータを集計し、全ての準備を整えてから、部門長会議に出席した。

あの伝説の会議だ。永田は今では山城社長の次に発表することになっている。

「業務改革推進本部CS担当の永田です。本日は基本的な『挨拶』ということに関して報告いたします。3日間、出入口で調査した結果をまずはご覧ください。この出入口は一日で8000人が出入りします。特に朝と夕方に集中しますが、日中もお客様の出入りを含めて相当な人数が出入りしています。データを見れば一目瞭然ですが、ほとんど誰も挨拶をしていません。これが実態です」

また永田が何かをやりだしたということで、会議場がざわつく。中には興味津々で話を聴く部長もいた。

「実は、お客様からも、会社を出る時に、『周囲に対して、挨拶していない。御社はそういう会社なのか』というお声も届いています。言うまでもありませんが、挨拶というのは、CS向上、ES向上の基本中の基本だと思います。様々な部門の社員にも『なぜ、挨拶をしないのか？』という理由をヒアリングしてまいりました。結果をご紹介します。スタッフがこちらから挨拶をしても、挨拶を返さない役員がいるので、挨拶しづらくなった、というコメントが数多く寄せられました。残念ながら事実です」

永田はわざと役員の名前を出さずに、それぞれが自分のことだと感じるように議場を見渡した。挨拶をしない役員だと決めつけられて、いい思いをする人はいない。誰も表情を変えずに永田を見守っていた。

「自分たちは何度も挨拶をしたのに、挨拶をしてもらえなかった、というのがヒアリング結果です。恥ずかしい結果です。本来、見本にならなければならない私達が、まだまだ足りていないということです。この事実はしっかりと受け止めていかなければなりません」

そこまで話すと、上戸取締役が手を上げた。

「永田さんはいい話をしてくださった。私も、うちは役員全員がちゃんと挨拶できているとは思っていない。基本挨拶は役員がまず率先垂範するべきことだと思う」

永田は上戸取締役のことをよく知っている。ホールですれ違う時も、いつも気さくに挨拶をしてくれる人だった。やはり、できている人ほど真剣に話を聴き、行動変容に強制的な力が必要な人ほど、話を拒否して聴かないものだと、この場でも永田は痛感していた。

部門長会議が終わった後、ある挨拶のできない部長は自分の部署に戻るや否や部下に怒鳴り散らしたという。

「永田のやつが、俺たちが君たちに挨拶していない、挨拶を返さないなんて、ふざけたことを言いやがった。俺はお前らにちゃんと挨拶してただろ」

その現場で起きたことのフィードバックは、そこにいたスタッフの気持ちも含めてすぐに永田のもとに伝わった。今や、永田には顧客満足委員会という全部署にまたがる委員の協力者が存在する。特に広報部の中嶋の情報は早い。

永田は部門長会議の翌日、朝早く、社長室を訪ねていた。

「昨日はやはり、だいぶ反発がありました。今回の提案は私は汚れ役だと思ってやっていますので、反発は問題ございません。ただ、一つ提案があります。役員に挨拶をしてもらうために、やはり役員のトップである社長の見本が必要です。社長からやりませんか」

「ほう、実際には、何をするんですか？」

「『あいさつ運動』というタスキを作ります、選挙の時のタスキですよ。これをつけて、玄関前に立って挨拶をするんです」

「うむ、まあ、言われるかなとは思っていたよ」

一部上場企業の社長に向かって、朝、本社の玄関の入り口に立って、社員に向かって、『おはようございます』と挨拶してほしい、と提案する永田の腹の括りもなかなかのものである。しかし、山城社長の反応はそのさらに上を行っていた。

「面白そうだね、いいよ、早速やってみよう。何ごとも、あたま。明るく、楽しく、前向きにだからな」

「はい、大丈夫です。山城さん一人にはやらせません。私も横でやりますから」

早速翌朝から、「あいさつ運動」というタスキをかけた山城社長と永田が、本社の入り口に立ち、「おはようございます」と、出社する全社員に挨拶を繰り返した。

当たり前だが、山城社長に挨拶をされた社員は次々と「お、おはようございます」と挨拶を返す。役員も、もちろん、社長に挨拶をする。

その後、社長だけでなく、次々と役員にも『あいさつ運動』に参加してもらうように、永田は計らった。中には、反発し、本社の入り口には絶対に立たない役員もいたにはいたが、社長の横で役員が挨拶をしているのを見て、社員も当たり前のように挨拶をするようになっていく。

永田は、次に、『研究所のあいさつ運動』と称して、データの収集に動いた。研究所には東西南北4箇所に入り口がある。その中の一番大きな入り口に立って、社員がどのくらいそこで挨拶するのかを、『あいさつ運動』を行いながら独自調査をした。

驚くことに「挨拶したくない」という理由で、永田が立つ大きな門から入らずに、東と西に分かれて別の入口から入る社員が出てきた。永田は心の中で苦笑しながらも、その状況もしっかりとレポートにまとめあげた。

翌月の部門長会議では、社長や他の役員が率先したことで、挨拶率が急激に伸びた『あいさつ運動』の結果と、研究所で行った独自調査結果も報告した。

「先日、研究所に行って『あいさつ運動』を実施しました。すっと門の前まで来るのに、私と目が合うか合わないいくらいのタイミングで、目の前の入り口から入らないで、横の方に向かっていく人が多数おりました。不思議な光景でした」

研究所の責任者である常務がその場で手を挙げ、永田に詫びる。

「いや、お恥ずかしい。申し訳ない。責任は私にある。会社の取り組みだということを再度、よくよく言い聞かせておく」

永田は笑みを浮かべながら、常務に答えた。

「本当に恥ずかしいですね。まさか入口を変えるとは思わなかったです。でも言い聞かせる必要はありません。明日から、責任ある常務が自らタスキをかけて、入り口に立ってください。どうかお願いいたします」

翌日より、責任者である常務が研究所の玄関に立ち、率先して『あいさつ運動』を行うことになった。もちろん、何も言い聞かせずとも、研究所で常務に挨拶を返さない社員はいなかった。永田の策略勝ちだった。

『あいさつ運動』を始めて数ヶ月後。

この活動は著名なビジネス雑誌『ＡＥＲＵ』の特集記事として掲載されることになる。

ただ、決して、名誉な書かれ方ではなかった。記事にはこう書かれていた。

〜日本ＡＲＫ　幼稚園並みの挨拶運動を始める〜

朝早くに社長が自ら本社の玄関に立ち、「あいさつ運動」というタスキをかけて、「おはようございます」と挨拶を繰り返す。その発端はお客様からの声であった。大手企業が、挨拶から学びなおすという幼稚園並みの行動をせざるをえないのは、トップクラスの日本企業の中でも日本ＡＲＫだけである。恥ずかし

しさを通り越した、理解不能な企業の指針。日本ARKの中で、今、どのようなモラルハザードが起きているのだろうか。


批判的な記事とともに雑誌には本社の写真が大きく見開きに掲載されていた。

永田はすぐに社長室に飛んでいった。

「山城さん、挨拶運動がAERUに載りました」

「読んだよ。事実だからしょうがないじゃない。挨拶しないんだから、うちはさ」

事もなげに話す山城。永田は山城の腹の座りに改めて驚くとともに、笑みがこぼれる。

「この人から、もっと学びたい」永田は心からそう思った。

◆◆◆

その後、雑誌の記事を読んだ様々な取引先の会社から電話が入ることになる。

「おたくが羨ましい。うちも実態は同じだけど、社長がタスキをかけて挨拶をするなんてことは絶対にありえない」

「続けてください。御社に伺うのが楽しみになりました」

ネガティブな記事ではあったが、バカにしたような記事にされた結果、逆に取引先企業からの評価が上がるという結果となった。社長自らが挨拶運動を実施することの凄みを、社会はしっかり見抜いていたのだ。ある意味、日本ARKという企業のCS向上への愚直な取り組みが、社会に認知された瞬間であった。

山城との出合い～8つの提言書

永田が本社勤務になる前の名古屋支店勤務時代に時は戻る。

永田は当時名古屋支店の営業責任者であった。当時から永田は言いたいことをまっすぐ言うことで有名であった。

「永田、お前出世したくないのか」

「出世もへったくれもないです。購入したものに会社が代金を約束の期日までに払わないなんて、納得できません」

「いやいや、ずっと払わないわけじゃない。今は、だ。2カ月後には支払をするんだ。永田、大人になれよ。今は今期の利益確定と、キャッシュフローが優先だろ」

「納得できませんね。大人になるというのは、見過ごせということですか」

終始こんな調子であるから、上司とは常にやりあうことが多かった。

「上司たるもの、それでよろしいのですか？」と毎回やられては、上司もたまらない。

その真剣勝負のやりとりから、「あいつはどうにも意見を曲げない。まるで侍のようだ」と半ば呆れられていた。

そんな時、当時副社長だった山城は、全国の支店をまわるタウンミーティングを定期的に行っていた。東日本、西日本、関西中部エリア、関東エリア等と地域のマネージャーを集めて意見交換をする会である。上場企業で副社長という役職のある役員が地方をまわり、タウンミーティングを開くことそのものも、当時は珍しかった。

通常、タウンミーティングという対話会は、意見を言わせることが目的であり、意見を会社の方針や行動計画に役立てている会社はなかった。それどころか、いわゆる「現場のガス抜き会」と揶揄されることがあったくらいだ。

永田は、関西中部エリアで行われたタウンミーティングで、会社方針を目の前で話す山城副社長を、侍の目で真剣に見つめていた。もちろんお互いに初対面である。

山城が今期の会社の方針を一通り話したあと、司会役から、「それでは、質問、要望を受け付けます。何かございますでしょうか？」との声がけがあった。

永田は間髪入れず、「すいません。よろしいですか」と、まっすぐに手を挙げた。

その時、永田と山城の目が正面からぶつかり合った。永田は立ち上がり、司会者からマイクを受け取ると話し始めた。

「現場での本社指示との矛盾についてお聞きします。会社の方針は顧客第一主義とのことですが、本社指示とは、矛盾があるように感じられます。まっすぐ言うと、本社指示は売上第一主義です。方針と指示に矛盾があるように思うのですが、そこのところはいかがでしょうか」

山城はマイクを通して答える。

「それは確かにおかしいですね。具体的にはどういうことでしょうか」

「副社長は会社全体の売上グラフの推移をご存じだと思います。そして支店毎のグラフの異常さにもお気づきではないでしょうか？　年に4回売上が急に上がり、翌月に急に下がります。その4回はもちろん四半期毎の締めの月です。翌月に売上が急に下がるということは、売上の月毎の付け替えが常態的にお行われているということだと考えますが、いかがでしょう」

会場には、他のエリアの営業マネジャーも多く参加していたので、ザワザワとざわつく。山城は真剣な眼差しではあったが、終始にこやかに永田の発言を聴き、少し楽しそうな雰囲気でこう答えた。

「それは持ち帰って、調べて返事をします。永田さんとおっしゃいましたか？　他にも意見がありますか？」

「はい。まだまだ言いたいことが7つほどあります」

「そんなにあるのですね。わかりました。それでは、改めてご連絡します。それでよろしいでしょうか？」

双方のやりとりを聞いていた司会者が、タイミングを見計らうかのようにサッと割り込む。

「えー、永田さん。ご意見ありがとうございました。本日はたくさんのマネージャーが集まっていますので、他の方の意見も伺ってまいります。では、次の方いかがですか？」

タウンミーティングはその後も続き、終了後、永田は山城副社長の秘書から声をかけられた。

「永田さんですね。山城の秘書の菱沼です。山城より、一度本社で話を伺いたいとの伝言です。スケジュールに関しては、のちほど私よりご連絡させていただきます」

その2週間後、永田は新幹線に乗って、名古屋から東京の本社に出向くことになる。手には建白書ならぬ、8つの提言書を抱えていた。

本社の役員室のある最上階は重厚な作りになっていた。社員には、コロシアムと呼ばれる別称があるところだった。ある程度予想はしていたが、その天井の高さと重厚感に永田は圧倒された。

扉の前には、山城副社長の秘書の菱沼が待っていた。

永田は副社長室に入ると、その雰囲気の違いに驚いた。役員フロアはピリピリとした空気が漂っていたが、一歩副社長室に入ると、その空気がやんわりと和らいだからだ。

「永田さん。お待ちしていました。先日のタウンミーティングでは、貴重な意見をありがとうございました」

そこには、タウンミーティングの時よりも一層リラックスした山城副社長の笑顔があった。握手を差し出す山城に、永田は警戒心を徐々に解きながら、こう切り出した。

「こちらこそ。ご連絡をいただきましてありがとうございます。本日はお約束の8つの提言書をお持ちしました。膨大なアンケートや報告書など悪い点8項目。それについて、それぞれの改善策を記してあります」

山城は提言書を受け取ると、早速真剣に読み始めた。そこには、営業活動における利益至上主義の実態と、発注先、サードパーティーを常にないがしろにする風潮があること。そして、それが下請け会社の倒産もありえることに繋がるのは、もはや犯罪ではないかという、いつもの永田の厳しい論調がそのままに書かれてあった。

「今回、わざわざ副社長にお時間をいただきましたので、提言書を補足させてもらいたいのですが、よろしいですか?」

「もちろん。そのために、わざわざ本社に足を運んでもらったのだからね」

「ありがとうございます」

そこまで言うと、永田は一気にしゃべり始めた。

「現状では不要なコンピュータを売りつけて、一次的に売上を確保する、そういう営業が評価されている。来年以降にしか必要のないようなものを、しばらく使わないのに倉庫を借りて、納品したことにして売っている。電源も入らない、稼働していない置きっぱなしのコンピュータが倉庫にあるような現状。これが本当に顧客第一主義ですか？　おかしくはないでしょうか？

さらに、開発ソフトのサードパーティーに正当なタイミングで対価を払わない部署がある。即刻払うべきでしょう。私のところでは、納品済みと判断したものは全部支払わせました。本社にはキャッシュがあるのに、見かけ上の利益を残すために、こんな開発者いじめのようなことをしていたら、今後会社が訴えられる可能性もあるのではないでしょうか？」


ここまできたら、どうとでもなれという気持ちで、永田は普段から思っていることを、まっすぐ言葉に紡いだ。

山城副社長は永田の話を聞き終わると、つぶやくようにこう言った。


「永田さん。あなたのおっしゃることは、どれももっともです。サードパーティーの支払いの件は、実は既に訴えらしきものが本社にも来ています」

「でしょうね。関西中部エリアだけのこととは思えないです。組織的にそんなやり方が横行している会社に将来はあるんでしょうか？　私にはあると思えない」

「全くその通りです。この件に関しては、あとは私が預かるということでよろしいでしょうか？

早急に対応いたします。ところで永田さん、ちょうどもうすぐお昼ですが、よろしければ外でお話しませんか。秘書にランチの予約を取ってもらっています。ご一緒しませんか」

「もちろん、喜んで」

「あとひとつお願いがあります。この8つの提言書を頂いてもよろしいですか？　とても大切な提言ですので、一つひとつ検討させてもらいます」

その後、六本木の三角地帯から外に出て、二人は近くのレストランに向かった。

秘書や取り巻きのいない山城という個人の人物と差しで話し、永田の中には、山城に対する親近感が湧いていった。レストランという外の場では、二人とも企業秘密が含まれる8つの提案書の話は直接はしない。その代わり、山城は、永田の研修時代や営業時代の話を面白そうに、時に大声で笑いながら聴いてくれた。

大いに盛り上がったランチの後、永田が名古屋に戻ってきたのは、その日の夜遅くだった。

◆◆◆

翌週の月曜日。

朝早くに本社からヒアリングアンケートが入った。
その内容はアンケートという名の通達文だった。

「もし、第三者に適切な期限を超えた未払いの事実があれば、リストにし、今日中に報告すること。速やかに、未払金の支払いを完遂すること。今日中に報告すれば、未払いの件は今回は一切不問に付し、個人の罪を問わないこと。ただし、明日、報告書を提出以降に未払い事実が発覚した場合は、それなりの処分をすること」

永田はその内容と、アクションの迅速さに感動すら覚えていた。

今回のアンケートは、永田が提案した改善案を元に作成されていた。しかも、この短期間に判断し、全国規模で実施した内容になっている。
マスコミに叩かれる前に手を打っておきたいという事情もあったのだろうが、会社の利益を下げるであろうこの痛みを伴う判断は、将来社長の座を狙っている立場の人間にとっては外れくじもいいところだ。そもそも、出世を狙っているような人間にできる判断とアクションの速さではない。

「永田さん、ちゃんとやりましたよ」

このアンケートから、そう山城の声が聞こえてくる気がした。

永田はアンケートを見ながら、笑いがこみあげてくるのを止められなかった。

「ははは。山城さんは大人じゃないなあ」

永田の心の中に、どこか友情のようなものが芽生え始めていた。

山城が社長になり、永田が業務改革推進本部のＣＳ担当部長として本社に呼ばれるのは、その数年後のことである。

知らなかったからこそできること

山の景色は美しくとも、山そのものは厳しく険しい。

遠くに見える山々の景色を見た時、人はその景色を美しいと感じる。

しかし、その山々に、自らの足で登ろうと一歩を踏み出した途端、美しい景色は一変する。

歩みを進め、見上げても見上げても、頂上がどこにあるのかすら見えない。

登れば登るほど、より険しく切り立った岩肌が見えてくる。

いつしか美しい景色は、見果てぬ行程によって、全く別のものに変化してくる。

歩くことをやめる判断をすることもできるだろう。

しかし、知らないという強さを持ち、自分の登り始めた一歩の先に惑わされない人間だけが、その美しい頂きを求めて登り続けることができる。


永田はまさしくその知らない強さをもった人間であった。

巨大企業の遥かな高み、大企業の組織改革という頂きに、その一歩を踏み出したのだ。


経営者であろうと、中間管理職であろうと、初めてスタッフを持つリーダーであろうと、部下を持つ人間が一様に感じること。


もっと、事前に考えて欲しい。

もっと、起こったことの意味を考えて欲しい。

もっと、物事の本質を見つめて欲しい。

もっと、相手への配慮を工夫して欲しい。

もっと、先々の未来を考えて欲しい。

そして、もっと、行動をして欲しい。

しかし、たった一人の部下やスタッフでさえ、思い通りにならない。

ましてや、大企業のトップともなれば、組織を思い通りに変えることは夢のまた夢だ。

しかし、永田は、組織を変革させようと本気で考えていた。

優秀な人材が何万人もいるこの組織の中で、平然と「いい会社にする」という言葉を口癖にしていた。

永田が持っている武器は多くはないが、

ただ、目の前のことに一つひとつ自分自身の誠（まこと）でぶつかっていく。

そのことだけは決めていた。

出世しようなどとは端から思っていない、失うものなど何もない。

もし失うとしたら、自分自身の誠（まこと）が見れなくなったときだろう。

（なんとかなるさ。ならなくても、なんとかなる）

部門長会議、ワンオンワンミーティング、一万人の社員に向けての社長メッセージ、顧客満足委員会、部門アンケートの廃止、説明書の改革、挨拶運動。

永田がCS担当部長になってから、山城とともに次々に行ってきた施策の結果、数年が経過する頃には、顧客に対して行っていたアンケートからネガティブなコメントが目に見えて減ってきていた。

そして、顧客の満足、評価ポイントが毎年下がり続けるという事態にも歯止めがかかってきた。

山城が社長に就任し、永田が本社に配属される時に言われた言葉を、永田は思い出していた。

「永田さん、あなたの8つの提案書。私は、まだあれを持っているのですよ」

「はい。山城さんとお話したのは、あの時が初めてでしたね。今でも提案書に書いてある思いは変わりません。しかし、当時は会社にとって耳の痛い提案ばかりしてしまいました、申し訳ありません」

「いやいや、あなたは周りから青臭いと言われていますよね。僕も青臭いと言われています。お互い、青臭いままで、これからも生きていきましょう」

スーツを着た多くのサラリーマンが足早に新幹線を降りていく。

時間はちょうどお昼にさしかかろうかというところだ。

「東京、東京、お乗り換えの方は…」

山城は関西の出張から東京に戻ってきて、そのまま東北新幹線に乗り換えて仙台へと向かう途中だった。仙台での滞在時間は3時間。そのあとまた、東京にとんぼ返りをするという超過密スケジュール。日常でもある。

山城は、東海道新幹線の改札を白石補佐と一緒に通り抜け、東北新幹線のホームに上がって行った。少し息を切らせた山城に、ホームで突然声がかけられた。

「山城さん！」

声の先には、永田が立っていた。

荷物は何も持っていない。手には書類だけを握りしめていた。

山城は事態を飲み込めずに「あなたも、仙台に出張ですか？」と、問いかけた。

「いいえ、違います。山城さんを待ち構えていました。本社で時間が取れなかったもので。秘書の方に何号車かというのを聞いて、ここで先ほどからお待ちしておりました。朗報です！」

そう言うと永田は、勢いよく手に持っていた書類を山城の眼前へ差し出した。

「お客様の満足度調査の結果が出ました」

満足度調査のアンケートからネガティブコメントが激減し、下がり続けていた評価ポイントが下げ止まったのは、山城も報告を受けて知っていた。

「おお！　評価ポイントが上がっているじゃないか。評価ポイントが上昇するのは、アンケートを開始してから何年ぶりだろう」

山城は喜びを隠さずに、パッと笑顔になった。永田は懐かしい記憶を思い出すように言った。

「最初に、私が社長室に伺ったとき、『この8つの提言書を実行していただきたい。私の言った通りやってもらって、もし、成果が出ない時は責任を取ります』とお伝えしたら、山城さんは『あなたに辞めてもらっても、何の解決もしない』と笑われましたよね」

「確かに、そんなようなことを言ったね。責任を取って辞めるのは、それなりのポジションがある人のセリフだからね。当時の永田さんに、何も解決しないと言った記憶はあるよ」

「でも、時間はかかりましたが、今こうやって本当に成果が出ました」

山城は見ていた資料を左手に持ち変えると、空いた右手を永田の前に差し出した。

永田も右手を差し出し、しっかりと山城の手を握りしめた。

そのとき、新幹線のホームに発車の時刻を告げるピリリリリという音が音楽と共に鳴り響いた。

山城は新幹線に白石補佐をさきに行かせ、最後に乗り込む。新幹線の扉が閉まる。

扉の窓越しに、山城は資料を顔の横に掲げ、右手の指で指し示す。

永田は握りしめた山城の手の温かさが残る右手を小さく山城に振り続けた。

心地よい春の日であった。

5章　人はなぜ生きるのか

人はなぜ生きるのか〜浪人と海

世の中は寒い冬があけて、どこかウキウキとした雰囲気が漂っている。

植物も長い冬を超えて、ここぞとばかりに芽を出し「この勢いを逃すまい」と日の光を浴びている。

そんな中、誠一はボーっと海を見つめていた。寄せては返す波。

波と波はときに打ち消しあって姿を隠し、時に重なり合って遠くへ打ち寄せる。

永田誠一、高校卒業後の春の海岸。


「飽きないなあ」

誰に言うともなくつぶやいた一言。

道路脇の堤防の隙間から降りた砂浜に誠一は座っていた。

大学受験も押し迫る中、あまり勉強をする気にならなかった誠一は、受験にはことごとく失敗した。有名大学から、そこそこの中堅の大学まで、全ての大学に不合格だったのだ。全ての不合格通知を受け取った誠一は「まあ、そうだろうな」とだけつぶやいた。

慌てたのは、むしろ高校の先生方だった。

自分の意思ではなかったにしろ、誠一はそれなりに学内では有名人になっていた。様々な委員会などでも発言が多かった誠一。不良どもからも一目おかれていた誠一。むろん、内申点もかなり良い。

その誠一が全ての大学に落ちたのだ。学校側や教師側の責任が問われるとでも思ったのか、すぐに誠一は担任に呼ばれた。

担任から、これからでも行ける学校先などのいろいろな提案を受けたが、「まあ、でも仕方がないんで来年、志望校を再受験します」

と、誠一は他人事のように返事をし、浪人する意思を伝えた。

本人がしっかりと、再受験の意思を持っていることと、自分たちに責任が及ばないことを確認し、ようやく事態は落ち着いた。

春になり、大学に通い始めた高校時代の級友とも、必然と距離が空いた。

勉強はしていたが、鉢巻を締めなおすというような受験体勢にはまだ慣れない。

受験をして、大学に行って、就職をするという一連の流れの中からするりと抜け出した誠一は、逆にラッキーとでも思っているかのようだった。

かつての幼少期の時ような、オドオドした時代は過ぎ去ったのだ。

春の海岸で、遠くに水平線を見つめる誠一の目には、線路から外れ、世の中という新たな航海に乗り出した船長のような、好奇心に溢れた輝きがあった。

人は見かけによらない

高校を卒業した誠一がまず行ったこと。

それは、ヒッチハイクで旅をすることだった。

浪人生になった誠一は、都内の実家から、地方の叔父の家へと移り住んだ。

田舎で朝起きて、夜寝るまで、外から見た感じは受験生のような生活のフリをしていた。

だが、実際には、あまり勉強はしていなかった。


そして叔父の家からヒッチハイクをしては旅をしていた。

短い時は1週間。長い時は1ヶ月の旅になったこともあった。

ヒッチハイクの車がつかまらないときは、電車で移動。今日は北に、今日は東だ、と、目標地点を定めるでもない旅をしていた。


ある旅の途中、電車の中で、年配のご婦人と話をする機会があった。

話の途中で「それで、お子さんはいくつなの？」と聞かれた。これには誠一も苦笑をこらえきれなかった。

「ぼくはまだ十代なんですよ。つい先日まで高校生だったんです」

「あら、まあ」

目をまん丸にしてそのご婦人は驚き、誠一と二人で声を出して笑いあった。

誠一は高校生を過ぎて、身体もそれなりに大きくなり、私服を着ていれば10代には見えないくらいに成長していた。

年頃で女性に興味が出る時ではあったが、なぜか、誠一は高齢の方々によくモテたのだ。

ある時のヒッチハイクでは、こんなこともあった。

いかつい感じのお兄さんに、車に乗せてもらった時だ。どうやら堅気の方ではないということに、誠一は薄々気が付いていていた。

途中のサービスエリアでは、「お前が行きたかった方向の車を探してやる」と、その強面のお兄さんがトラックに次々と交渉をしてくれていた。

「こいつ、おもしれえんだよ。肝が据わっているというか、若いくせによう、坊さんみたいな感じなんだわ」

トラックの運転手は、さらに本物の雰囲気が漂う人物だった。

誠一は、「今晩はここで一夜を明かすつもりなこと、明日また別のところに徒歩で移動して、そこでヒッチハイクの車を自分で探す予定なので、大丈夫なこと」を、後ろから慌てて説明した。

トラックの運転手は、「いやあ、お前おもしれえなあ。なんか困ったことがあったら、ここに電話しろよ。飯ぐらいいつでも食わせてやっから、じゃあな」

そう言い残し、夜の道に消えて行った。

ヒッチハイクをしていると「あれもやる、これもやる」と、足りないものはなんでもくれた。時には着るもの、時にはお気に入りのサングラス。そんな気前の良さも、見かけは話し辛そうな人達ばかりだった。そして一見強面に見える人ほど、必ずというくらいに、誠一にご飯や飲み物をおごってくれた。当たり前のようにご飯を食べさせてくれた。

「どうだ、うめえだろ。ここの天丼は最高なんだよ。おれはよ、車のスピードを調整してでも、この時間に、ここの天丼を食べれるように運転するんだよ。エビがでけえんだよ、最高だろ？」

ヒッチハイクをしながら誠一が学んだのは、「人は見かけによらない」ということだった。

人は死んでおしまい

ある日、誠一は、ある地方の宿坊に泊まっていた。旅の僧侶が修行中に使う宿泊施設だが、一般にも解放されている。何より安く泊まれた。

宿坊で、翌日にお寺で、ある有名なお坊さんの講話があるということを知った。

誠一は興味をそそられ、次の日、その講話に参加した。

人を井戸のカエルに例えた話。頭を垂れる稲穂の話。

話はどれもこれも面白く、考えさせられる話ばかりだった。

しかし、誠一の心は1㎜も動かなかった。誠一が知りたがっていることとは違っていた。

誠一が知りたかったのは「人はなぜ生きるのか」であった。


人に出合うたびに、誠一がいつもする質問。

「人はなんで生きているのだと思います?」

その質問をすると、大抵の人はキョトンとした。誠一に答えがあるわけではない。だからこそ出合った人々に聞いて回っていたのだ。


トラックに乗せてもらったドライバーのあんちゃんたちは、「そんなこと考えたこともねえ」と言って、しばらく黙り込んだあと、「そうだなあ…」と、その人なりの答えを紡ぎ出す。

答えを持っていそうな近所の教会の牧師にも、田舎の叔父さんが住む町の年長者にも聞いてみた。

偉い人ならば、答えを持っているかと思ったからだ。

わかったのは、男でも、女でも、結婚していても、独身でも、若くても、年配者でも、名がある人でも、人にものを教える人でも、トラックのあんちゃんでも……

答えはみんな違うということだった。

たとえ、同じような人生であっても、そこから導き出す答えは、一人として同じものはなかった。

そして、最後には不思議と、「そんな難しいことを考えていないで、今は勉強する時だろう？」

というお決まりの言葉を言われてしまう。

「もっと考えてみたらいい。もっと考えろ！」と言ってくれるような人は、誰もいなかった。

だからこそ。

誠一は考え続けた。考えろと言われないからこそ、自分で考え続けたのだった。

人生の最期に自分に○をつける

「人はなぜ生きているのか」その問いを考え続け、あらゆる人に聞き続けた。

ヒッチハイクで出合った人々は、日々、生きて、生活をし、その生活の中に小さな喜びを積み重ねて生きていた。

ヒッチハイクが終わる頃、誠一は一つの答えを出した。


「人は死んだらおしまい」


死んだらおしまいなら、幼い時に見た走馬灯、12歳までの人生を全て振り返ることになったあの走馬灯のようなことが、死ぬ間際に起こる可能性があると思った。

全ての記憶を覚えていて、どの記憶も思い出せるとしたら、どんなに恥ずかしいことがあっても、最後の最後で自分に、「それでよかった」と○をあげられる自分でいたい。自分の名に恥じない誠（まこと）で生きること。誠で生きた記憶を紡ぐこと。

そう思った18歳の夏。

最期に自分に○をつけられる人生を歩む。その時に、最後の最後で「人はなぜ生きるのか」という問いに答えが出せるかもしれない。

今できることは、受験すら×を出してしまった自分に、○をつけること。入試や受験が目的ではなく、人生の最期に○をつけられるようにするために、勉強をしようと心に決めた。

自分で考えに考え抜いて出した結論だった。
人生の最期に○をつける。そのために生きる。それ以外はおまけのようなもの。
世界が目の前に大きく開いたような気がした。
もう夏も終わっていた。
誠一は翌年、大学受験に見事合格する。

6章　誠は天の道、誠を思うは人の道

「あたま」を使う管理職研修

日本ＡＲＫには、管理職研修という名の3日間のプログラムがあった。北海道から九州までの幹部及び幹部候補２００人を全国から集めた大規模な研修である。

研修の目的は、組織人事や新たな企画などの情報共有が半分、そしてハード面、ソフト面を学ぶための講義や販売戦略などのロードマップ作成が半分という構成である。

四半期の成果を出すためには、欠かせない内容であるため、全国の支店長、部長をはじめ、幹部クラスの参加は必須とされていた。逆に言うと、幹部候補にとって、この研修にエントリーをされないということは、幹部への道は開かれないということでもあった。

全国から一気に２００人は集められないため、１クラスは50人までとされた。

50人ずつの３日間研修を４回。つまり、講師にとっては合計12日間の研修である。ここまで研修に力をいれる大企業もそう多くはない。しかも社長の山城も全てのクラスに出席をする。もちろん３日間全てに出席するわけではないのだが、この研修のために、一年前からかなりの時間を調整することとなる。

そこまでして、この研修を重視しているのは、『人は直接会ってみないと本当のところはわからない』という山城の強い思いもあった。全社会議や定例の部門長会議や委員会とは明らかに異なった雰囲気が管理職研修にはあった。

この時期の社長秘書には近づかないことが賢明というのも、よく知られていることだ。どんなスケジュール提案も却下される。

社長補佐も各方面の会合に社長代理で出席しなければならず、この時期にはいつも、２人はスケジュールと睨み合いをすることになるのであった。

管理職研修の冒頭は、必ず社長の山城の挨拶から始まる。

「皆さん、ようこそお越しくださいました。会社の研修に、『ようこそ』という言葉も不釣り合いかとは思うのですが、個人的な気持ちでは、ようこそ、です。

これからの3日間。それぞれの部門からの発表や、業務知識研修、そして皆様からのフィードバックもあると思います。どうぞこの3日間を貴重な時間にしてください。

さて、今、業界をとりまく環境は、良くもあり、悪くもありです…」

山城はいつものように自然体で話を始めた。


初めてこの研修に参加する幹部は、驚きを隠せないだろう。ビデオから伝わる山城の雰囲気とは異なり、まるで自分の家族にでも話すような雰囲気が山城から感じられるからだ。

一人の欠席もなく集まった50人は、真剣に山城の話を聞いている。

米国本社の方針などが及ぼす日本ARKへの影響も話してくれるので、一言一句が自分たちの行く末に関係してくるからだ。


「日本の現状、そして、業界を取り巻く環境の説明は以上ですが、最後に皆さんにお伝えしておきたいことがあります」

山城は、ちょっと間を置いて、用意されていた水を一口飲むと、真剣な目で幹部50人を見渡した。

「弊社は、もちろん、システムの会社ではありますが、システムを販売して終わりという会社ではありません。全ての部門が連携して、お客様のその先の未来の成功を、共に築いていくパートナー企業です。

今までも何度も申し上げていることですが、『誠は天の道なり、誠を思うは人の道なり』という言葉を、改めてお伝えさせていただきます。

この誠とはなんでしょうか？　企業利益を上げるのも、もちろん誠です。利益無き企業は滅びます。そのための未来を見据えた製品開発です。

しかし、お客様は目の前のコンピュータやシステムの良し悪しだけを買っているのではありません。

我が社に期待してくれているのは、そのシステムを使った先にある、それぞれの会社の発展です。この会社と組めば、もっと自分の会社が成功できるはず、成長できるはず、そういう期待を持っていただけるからこそ、製品を導入する前から、我が社を選んでいただけるのです。

そんな思いでご購入していただいているにも関わらず、そのサービスが全く期待に沿わないものだったとしたら、どうでしょう。時には、言われのないクレームをいただくこともあるでしょう。お客様から、仕様の説明とは異なることを言われることもあるでしょう。

その時にこそ、『誠を思うは人の道なり』という言葉を思い出してもらいたいのです。会社としてではなく、日本ＡＲＫの一員として、一人の人として、誠に沿った対応ができるか。お客様の声を聞き、可能な限り対応できるか。その誠を貫く一人ひとりが、ここに集まっている皆さんであることを私は確信しています。

それでは3日間、明るく、楽しく、前向きに。「あ、た、ま」を使って誠を磨いていきましょう。期待しています」

山城の冒頭挨拶が終わると、幹部から、割れんばかりの拍手が起こった。

山城の言葉はシンプルであるが、それゆえに人の心を打つ。

永田が本社に来てからの、厳しいビデオ撮影トレーニングに耐えてきたということもあるかもしれない。管理職研修での山城は、まさに自分自身の言葉通り、明るく、楽しく、前向きに、「あたま」を使って話すことを自ら実践していたのだった。

勝負のプレゼン

管理職研修2日目。

登壇前、永田は珍しく少しだけ緊張しているように見えた。人前に立つことの緊張ではない。この時間が、お客様を中心とした企業に生まれ変われるかどうかの勝負の時間だと、永田自身が直感的にわかっているからこその緊張だった。

現場の変革だけでは企業文化は変わらない、トップが企業文化を変革させるという情熱が伝わることが要だと、永田は常々実感していた。その前提の上で、現場の意識を変化させる施策と工夫が必要になる。

永田は本質だけを探ってきていた。
本当は…本当は、どうなりたいのか。どうありたいのか。
その一点のみを見続けることで、聞こえてくる小さき声がある。

永田はその小さき声を聞き取って、それを掬いあげてきた。
この会社の文化の中にある小さき声を。一人ひとりの心の中に眠っている、かぼそき小さき声を。

そして、25枚のＯＨＰを抱えて、永田のプレゼンが始まった。
正面に大きく映し出された文字。ＯＨＰシートには、キーワードのみが書かれていた。
1枚目の透明なシートに書かれていたのは
『業務改革推進本部　ＣＳ担当部長　永田誠一』
手書きの文字であった。

「皆さん。2日目の研修、お疲れ様です。この重要な研修も残すところ、あと少しとなります。しかし、2日目の研修はまだ終わっていません。残念なことに、私のプレゼンの時間が、まだ最後にあるのです」

そう言って、50名を見渡す永田。

50名の目が興味津々と輝いていることを確認して、永田は言葉を続けた。

「その残念な中にも、一つ良いことがあります。それは、これから90分、私は難しい数字の話を一切しないということです。横文字の話も極力いたしません。わかりやすい日本語の話をするだけです。そこはどうぞ安心してください」

会場に小さな笑いが起こったかと思うと、それは会場全体に広がっていった。

まる一日の研修の中で、緊張がほぐれる瞬間を全員が待っていたかのような、さざ波であった。

「さて、この中には『お前は誰だ?』と思われた方もいらっしゃると思います。いや中部エリアの一部の方をのぞいて、私は誰にも知られていないかもしれません。『業務推進改革本部　CS担当部長　永田誠一』これが私の役割です。デジタルの時代になり、我々はコンピュータを売っていますが、私は手書き文字が表示できる、このOHPという昔ながらの機械が大好きです」

会場の壁に煌々と映し出された手書きの文字。

いよいよ永田の勝負のプレゼンが始まった。

「本来であれば、本部長の緑川がプレゼンをするところなのですが、今回はCS担当の部長である私が研修で話をすることになりました。理由は、山城さんもおっしゃっていたように、今期の重点目標が、CSとES。つまり、顧客満足と従業員満足に定められたからです」

永田はそう言いながら、絶妙なタイミングでOHPを交換する。

永田の右手が広げられ、その手の先に『顧客満足、従業員満足』という言葉が示される。

話す言葉が先にあり、それを反芻するかのように、OHPの文字が目の中に飛び込んでくる。

会場にいた全員が、手を差し伸べられた先にある文字を見た。

このプロセスは時間にして数秒。耳で聞き、目で見て、それから文字を頭の中で読む。

そのプロセスが完璧に行われた時にだけ、会場全体が頭を持ち上げた一つの生き物のように動くのだ。

永田は、作成した100枚のシートを25枚に絞り込み、そのシートの入れ替えのタイミングを0.1秒感覚で、毎日、試行錯誤していた。言葉が先にあり、文字を見て、そして読む。読んだあとには、その人の頭の中に『疑問』が生まれる。その疑問に対して次の言葉を紡ぐ。その一連の流れの訓練を数十回、いや、3桁に及ぼうかというほど、練習していたのだ。

「顧客満足、従業員満足。CS、ESと書かず、あえて、漢字で書かせていただきました。カスタマーサティスファクション。顧客満足。ずっと言われ続けてきていることです。何を今更という感じですよね。エンプロイーサティスファクション。従業員満足。こちらも今までずっと取り組み続けていること。そう思われるかもしれません。果たして、本当にそうでしょうか？ただお題目のように唱えているだけ、掲げているだけにはなってはいないでしょうか」

話しながら会場を見渡す永田。

「掲げているだけ」という言葉に頷きながら同調する幹部もいたが、一方、「所詮、理想論だろう」という雰囲気で、顔をしかめて反発するような態度を取っているものもいた。

「理想論や青臭いことを言うな、そう感じる方もいるかもしれません。企業経営にとって一番大切なものは高邁な経営理念です。経営理念無くして、会社が同じ方向を向くことはありません。

それを絵に描いた餅だと、軽んじるのは簡単です。しかし、いみじくも経営を任されたもの、その腹心である皆様が、人間としての素直さ、青臭さを失ってしまったら、企業の成長はそこでおしまいではないでしょうか」

永田はそう言うと、ＯＨＰを差し替えた。


『満足＝誠の道』


「初日の冒頭で山城さんがこう我々に伝えてくれました。

『誠は天の道なり、誠を思うは人の道なり』

一人ひとりが誠を思って人の道を歩んでほしい、そしてここにいる皆さんが、その一人ひとりであるはずだという期待を寄せてくれました。それが、山城さんが目標にしている顧客満足と従業員満足の向上に繋がると信じているからだと思います」

初日の感動を思い出させるように、永田は山城が語ったように言葉を紡いだ。

山城が語った誠の実践は、顧客満足と従業員満足にこそある、そのことを文字で表し、頭の中に読み上げられる言葉によって一致させたのだった。

「しかし、私には憂いていることがあります。本社に赴任して、まだ1年と経たない身ではありますが、私の感触では、現場における顧客満足の理想には、まだまだほど遠い現状です。そこで質問です。

『あなたの部門の会議では、最初に何を議題にし、何に最も時間を割いていますか』

もし、皆様に、この質問をすると、どんな答えが返ってくるでしょうか？

おそらく部門によって多少の差はあれど、「売上の現状、目標、課題」の順番になっているのではないでしょうか。これを、顧客第一主義ではなく、売上第一主義の会議と言います。

そして、付け足しのように顧客満足を色鮮やかな報告書に仕立てても、それだけで、顧客満足、従業員満足を掲げているというのは、ハッキリ言いまして、おこがましくはないでしょうか」

『順番→本気の現れ』

永田が次のＯＨＰに差し替えると、会場がシーンを水を打ったように静かになった。部門長会議で永田が「本気とは思えません」と、ドン！　と机を叩いた時のような雰囲気であった。

数秒の沈黙。その間、永田はまるで動画が突然止まってしまったかのように、話すことも動くことも一切行わなかった。会場には、静かな余波のようなものが確かに流れていた。その余波が会場全体に行き渡り、また波となって自分に返ってくるのを永田は待っている。

「世界で1兆円の利益を上げているGEのジャック・ウェルチは、就任当時、会社にとって大事なこととして、次の3点を上げました。

第一にCS『カスタマーサティスファクション』。第二にES『エンプロイーサティスファクション』、そして第三にCF『キャッシュフロー』です。

大切なのは、順番です。外資の筆頭、GEと言えば、数字絶対主義だというイメージがあるかもしれませんが、実際は、顧客満足、従業員満足が先で数字は3番目なのです。

この優先順位が単なる言葉だけで終わっていないと思えるのは、顧客満足度をきちんと数値化して、測定、分析をしているところです。その積み重ねの上での、企業利益ということです。果たして我が社は…」

そこまで一気に話をすると、永田はOHPシートを風のように入れ替えた。

『二十一世紀に残れるのか　変化の波を生み出す側になれるのか』

「果たして我が社は、二十一世紀に生き残れるのでしょうか？　多くの企業が時代の変遷を歩んできました。潰れることのないと思われた巨大企業でさえ、あっけなく潰れていく時代です。その中で、生き残っていくには、常に変化の波を生み出す側になることです。日本の多くの企業は、未だそのことを自覚していません。顧客満足ではなく、監督官庁満足や、業界関係者満足に終始しています。それがいかにいびつな結果を生むか、我々はもう知っているのではないでしょうか」

永田は自分自身が体験してきた官庁営業での日々を思い出していた。

市町村や関係者の誰も救われなかった、嫌というほどの関係者満足の数々。

「変化の波はもうそこまで来ています。見て見ないふりをしているのは、私たちの方です。顧客は企業を見ています。デジタルの世界でその情報はストックされ、あっという間に全国、全世界に知れ渡ります。

私は、山城さんの言う『誠』とは、純粋無垢な青臭さ、愚直さそのものだと思っています。徹底的に青臭く、顧客満足を追求する企業に生まれ変わりましょう。そして、生き残り、必ず近いうちに、顧客満足と言えば、日本企業のＡＲＫだと言われるくらいになりましょう」

ＯＨＰが差し替えられる。

『世界の主役になる』

「世界の主役に日本企業がなりましょう。そのための事例とプランを、今日はここに残り20枚のOHPにしてお持ちしました」

永田は手に持ったOHPを高く掲げ、息を一旦吸い込むと、こう言った。

「これが、ここから、今日から、皆さんとともに世界の主役になるためのプランです」

前の方に座っていた若手の幹部候補が思わず立ち上がって拍手をした。

よく見ると、それは、部長級の仕事を既に任されている第二営業部の駿河課長であった。

駿河は永田を疑っていたことなど、全く忘れたかのように、心の底からの拍手を送っていた。

「よく言ってくれた。よく言ってくれた」

そうつぶやきながら、ありったけの拍手を送り続けていた。

一人、また一人と、拍手が増えていった。

その時間差の理解こそが、一人ひとりが自分ごととしてとらえているという、インパクトの大きさの証であった。

ついには、その波は広がり押し戻されて、拍手の渦になり、異例中の異例なことに、一度プレゼンが中断されるという事態にまでなった。

永田は確かな手ごたえを感じつつ、魂を込めた20枚のＯＨＰをしっかりと見つめ直していた。

社長室にて

「永田さん。先日の君の管理職研修でのプレゼンの評価、1回目が97点。2回目、3回目、4回目、全て95点以上の評価だったそうじゃないか。ほぼ全員が満点に近いということだろう？　ありえないだろう。悔しいなあ。一体、何を話したんだい？」

こう言って永田に話しかけてきた社長の山城には、悔しさが溢れている。素直に悔しがるところが、山城の人間的魅力でもある。

「いえ。山城さんが普段おっしゃっていることを、そのまま話しただけです。お客様に喜ばれる会社にしたいと」

あからさまに飽きれた顔をする山城が、口を尖らせながら、言葉を紡ぐ。

「しかし、私の過去最高得点の93点がことごとく破られるとは、納得できないなあ。フィードバックコメントも読んだかい？」

永田は「もちろんです」と答えた。

山城は手にしたフィードバックシートの中から、いくつかを永田の前で読み上げた。

〜私も現場に戻ったら、この話を部下に伝えます。ぜひ一緒に世界のお手本になる会社にしましょう〜

〜衝撃的でした。山城さんの話を理解していたつもりでしたが、まだまだ私の理解が浅かったようです。永田さんの話で目が覚めました〜

〜定量化のレポートを根本から見直します。数字の色付けよりも、実際の声をレポートにより多く反映させます〜

〜よく言ってくれました。ずっとモヤモヤと抱えていたことを、あれだけ言語化していただいて、私の中もスッキリしました〜


山城は、もっと続けて読もうとしていたが、途中で止めた。

「私のフィードバックシートにでさえ、このような文言は並ばなかったぞ。一体、何を話しているんだい？」

素直に嫉妬を隠そうともせず、山城は永田を見つめる。

「何を？　と言われても、私はただOHPに書いてあることを事例を交えて話をしただけです。事例は何度も何度も検討しましたが。強いて言うなら、ひとつだけ…」

「ひとつだけ？」

「やっぱり真剣に話せば、わかっていただけるなということは、今回のフィードバックを受けて深く感じました。思いの深さと真剣さ。そこが現場の管理者にも伝わったのだと思います」

「まいったなあ。私も真剣に話しているつもりなんだがね」

そう言って天を見上げながら頭をかく仕草をする山城。

「もちろんです。山城さんの最初のプレゼンがあってこその、私のプレゼンです。私のは後出しじゃんけんのようなものですから、山城さんのプレゼンありきなんです」

山城もそこまで言われて悪い気はしない。しかし、点数で負けたことには最後までこだわっているようだった。

「山城さん。点数をあげるための方法がありますよ」

「お、なんだい?」

「毎月のビデオプレゼントレーニングです」

「それかあ。来月分もそろそろだな。ありがたいが、お手やわらに頼むよ」

永田は笑いながら、少しだけ真剣に答えた。

「いえ。今、手綱を緩めるわけにはいきません。現場にも、メッセージの真意が伝わり始めている時です。時間が経てば、どんなに真面目な馬でも道草を食べに寄り道してしまうものです。中には、後戻りする馬もいるでしょう。社長がしっかりと手綱を持って、ガイドしていかなければなりません。そのために、私も各部へのビデオメッセージを作ることにしました。一緒に頑張りましょう」

「おいおい、ビデオでも、比較されるのはたまらんな。永田先生、本当にお手柔らかに、でも厳しく頼むよ」

そう二人は笑いあった。

後日、永田が作成したメッセージビデオはダビングにダビングが繰り返されて、日本ＡＲＫの中でも伝説のビデオとなっていった。

嘘の報告をしなくていい仕組み

大企業の日本ＡＲＫといえども、好不況の景気に左右されることはあった。

どの会社でも同じことだ。

山城が社長に就任してから間もなくして、大規模なリストラを実行しなければならなくなったことがある。

アメリカの本社からは、３分の１の解雇を命じられていた。

しかし、山城はそれでは業務が成り立たなくなると、その条件をまっすぐは飲まずに、会社全体を見渡して、丁寧にリストラを含めた人事を行っていた。

定期的に行われている社内のアセスメントの項目に【モラルインデックス】という指標があった。山城は、業務部門とのワンオンワンミーティングの時に、業務部門の点数がほぼ満点なことに疑問を持ち、その疑問を隠さずに話し出した。

「私自身も心苦しい、こんなにどんどん人員削減しているときに、現場はそんなにモチベーションが高いんですか？」

現場スタッフを取りまとめる立場にあった業務部門の井桁部長は、少し早口でこう言った。

「いや、本当に残ってくれた人たちは一生懸命やってくれてるようで、ありがたいと思っています」

「そうですか」

落ち着いたトーンで山城は答え、さらに質問を重ねる。

「そんなに高いモチベーションを、人間というのは維持できるものなんですかね」

相手の顔を直接見ずに、独り言のようにつぶやく。じわりとした沈黙の時間が流れる。

長い沈黙の後、井桁は許しを請うように眉を寄せた表情で口を開いた。

「実は、このインデックスについては、『それなりに君ら、大人の対応をしてくれ』と、私が各担当に言いました。よくあることなんです」

正直に言いなさいとも、あなたは嘘をついている、とも一言も山城は言っていない。

ただ、疑問だということを繰り返しただけで、井桁は耐えられなくなり吐露してしまったのだ。

山城は、今度はしっかりと相手の目を見て話し始めた。

「そうですか、おわかりですよね。これは客観的に本音を書いてもらって初めて、活きてくる調査なんです。嘘を書いてもらったら何の策も打てませんよね。これからはそういうバイアスをかけない、プレッシャーをかけないで素直に書いていただけると約束してくれますか」

ここまで言われると、井桁も黙ってうつむくしかない。体裁を整えるために、迂闊なことをしてしまったという反省。怒られないことのつらさ。逃げ出せない内省。

「調査は客観的に書いてもらうことが大事ですからね。担当者に良い点数をつけるようにというお願いをする、というようなことは、今後、決っして行わないでいただきたい」

山城がここまで確信を持って言い切るのには理由があった。アンケート調査は社内調査と第三者機関の調査があるのだが、第三者調査の回答の中に「こういう質問がくるのでよろしくと言われることがある」という回答が複数あり、実態が浮き彫りになってきていたのだ。

第三者機関からは、「このような調査では、意味があるとは思えない」という厳しいフィードバックのコメントも届いていた。普通であれば、社内調査でその部署をあぶりだし、怒鳴りつけてもおかしくないのだが、それでも山城は怒らなかった。

井桁部長とのワンオンワンミーティング以降、全部門に通達を出した。そのあと、事は起きた。他の部署で同じようにアンケート実施時に「大人の回答をしろ」と現場に指示している部長がいたことが発覚したのだ。

指示をしていたのは現場叩きあげで、それなりに売上部門を回していた部長だった。

永田は、山城の心情を推し量るように、つぶやくように話した。

「山城さん、他のところの部門でも、まだやっていますね」

「実に残念だよ。従来と同じように、良い回答をしろと、お願いしてるみたいです。外部のアンケート調査結果が複数出てきています」

売上確定時期の真っ最中、その部長は、突然ポジションから外されることになった。売上確定の大切な時期であったため、まさかそこまではしないだろうと、本人も周りも思っていたに違いない。その部門全体、周りも含めた現場は一時大混乱に陥った。

「嘘は許さない」それが山城の本気であった。

横で事の成り行きの一部始終を見ていた永田は、ポジションを外された部長と山城の気持ちを考えると、若干、心が痛くなった。

その叩き上げの部長は山城の性分を十分に理解しきれなかったのであろう。

そして永田は、山城社長の一貫した軸にさらに深く共感をしていた。

「嘘をつかずに本気でやっている人を昇格させる。嘘でやっている人は、業績にかかわらず、降格する」

人事を通じた明確な山城社長からのメッセージであった。

この降格事件の後、ＣＳの改革はますます加速することとなる。

小手先でＣＳの結果を上げたレポートを捏造すると、自分のポジションはおろか、部門ごと死滅しかねない、そのことが現場にも明確に伝わったからだ。

ワンオンワンミーティングの時には、こんなこともあった。永田は相変わらず社長室の壁際に静かに立っていた。

「この件は前回のワンオンワンの時に必ずやるようにと言われてましたが、やれませんでした。実は何一つやってません」と話した正直な部長がいた。

山城は、「大事なことなのできっちりやってほしいですね。予算は達成していますが、次回はちゃんとお願いしますよ」と声を荒げるのでもなく、責めるような口調でもなく淡々と話を続けた。

「はい。次回までには必ず行います。申し訳ありませんでした」

担当役員は、帰りがけにチラリと永田を見たが、永田のことなど気にならない様子で社長室を出ていった。

永田は、きちんと扉が閉まり切るのを待って、山城社長の席に向かって行った。

「山城さん。なんで怒らないんですか？　やると言ったのに彼はやらなかったんですよ。もっとあなたは厳しく言うべきじゃないですか。甘く見られますよ」

山城は、キョトンとした顔を崩さずに、こう答える。

「あそこで厳しく言ってごらん？　どうなると思う？　彼は次は、嘘をつきます」

先ほどの口調と同じだ。そしてこのように続けた。

「もし、各役員が僕に対して嘘の報告しかしなくなったらどうなると思います？　嘘の情報に基づいて経営判断したならば、僕は経営を間違うんです。怒ってもいいことは何一つないでしょう。やると言ったけど、やってないっていうのは。いろんな事情があったんですよ。でも、やってないっていうことを素直に言ってくれたんだから、穏やかに受けたらいいんですよ」

永田はしばらく山城の顔を見つめると息を吐き出してこう言った。

「山城さん、出過ぎた申し出でした、失礼を致しました。確かにそうですね。社長の判断に間違いがないように、嘘より本当のことを言ってもらったほうが、事は見えやすく対応が早くできます。ところで、来月のビデオメッセージの録画は明日ですが、原稿はできあがっていますか？」

山城は、今度は本当におかしそうに顔をほころばせながら永田に答えた。

「もちろん、まだ半分しかできていません。永田さん、今の話の流れでそれを聞くとは、あなたもいじわるだなあ」

「正直にお伝えいただきありがとうございます。では原稿ができ次第、明日の10時までに私にお渡しください。嘘をつかない社長を信頼しております」

笑いながら、深々と一礼をして社長室を出ていく永田の足取りは軽かった。

大企業にこんな社長がいることを、永田自身が一番頼もしく感じていた。

本当の目的になった時

日本ARK本社に永田が呼ばれ、CS推進担当部長になって3年目。

山城が自ら創設し、永田が任された顧客満足委員会。この頃には委員会のメンバーは、山城社長と直接触れ合うことができ、その後に要職につくことが重要視されているとの噂が広まっていた。

その噂通り、広報部の中嶋が課長に抜擢され、第二営業部の駿河課長も、第二営業部の次期部長として佐賀部長との二人三脚がさらに強まってきていた。さらに金融営業部の定岡課長も、役職は同じだがリテール部門の担当も任されるなど、次第に要職に就くようになっていた。

当初数人規模で始まった顧客満足委員会。現在では15人のメンバーとなり、全部門の現場担当者がほぼ参加する一大委員会となっていた。委員会は山城の現状の会社の話から始まる。時には部門の中ではあまり語られることのない、米国本社とのCSの意識の相違なども報告にあった。現場では普段意識しない、一段視座の高い内容に、メンバーは心を動かされた。山城であってさえも、米国本社と常に戦っているということが理解できたからだ。

山城が一貫していたのは、「あたま」、明るく、楽しく、前向きにを頭文字に取った行動原理だった。特に「前向き」にというテーマを推進するように、顧客満足委員会を推し進めていたのが永田だ。お客様から「導入してからのフォローが希薄になった」という声が上がってきた場合、他の部門の改善の事例をメンバーから引き出す。そして、メンバー全員でその対応や改善のためのアクションを考えるのだ。

時には、参加者15人の中の最初のメンバーの報告の改善提案だけで会が終わることもある。そんな時でも、会が終わる頃には、メンバーが前向きになっている。その繰り返しの中で、「この会で報告をすればなんとかなる」という思いがメンバーに生まれ、積極的に自分の部門の問題をこの会にぶつけてくるようになる。

部門にとっても、内部の問題を隠さない方が改善に向かい、その改善内容が直接山城社長に届くと知って、さらにCS改善を推進する原動力となった。「問題を明らかにする方が評価される」という、その雰囲気そのものを作ったのが永田であった。嘘のない委員会になった。

委員会だけが進化したのではない。山城の毎月の言葉にも変化が現れてきた。下がり続けてきた外部調査機関でのCS評価のポイント減少が止まったのが1年目。2年目に入りCS評価ポイントの上昇とともに業績も回復していく。その頃から山城は、CSについては、「ああだこうだと議論すべき内容」ではなくて、まず「基本としてなすべきこと」と言うことが多くなった。

元々、山城はCS向上に重きを置いていた。顧客満足委員会のトップを自分で行っていたのもその表れだ。しかし、それは、「CSが向上しなければ、業績が上がらないから」という理屈でしかなかった。

要するに、当初は、あくまでCSの目的は方針管理の3番目である、業績向上のためだった。

永田が本社に来て、初めに山城との話を通して、そう感じた時も、永田はそれはそれで否定はしなかった。四半期ごとの業績向上は米国本社の必須目的であったし、その時はそこを深く掘り下げることではないと思っていたからであった。

しかし、永田が本心で思っていたことは、違っていた。

（顧客満足度が上がることが、企業の目的そのものだ。それに付随して、ＥＳも上がる。そうすれば、必然業績も上がってくるだけだ）

そのことは、永田は山城には伝えていなかった。「顧客満足の向上というのは、基本としてなすべきこと」と山城が全社員に向けたビデオメッセージや部門長会議、顧客満足委員会でも口に出すようになった。

トップが当然のように語る内容、常に変わらない言動、その段階に至ってこそ、「ＣＳ」が会社の目的になった瞬間だったのだ。

ある時、永田は山城にこう尋ねられたことがあった。

「永田さんは、どうしてそんなに前向きに、突き進めるのですか？」

永田は、その問いに僅かの時間、考えを巡らせた。「悩まないで考える」「自分の昇進のためではない」「いい会社にするため」そのどれもが本心の気持ちではあったが、永田の口から出たのは別の言葉だった。

永田はひとこと、山城には絶対に伝わるだろうという確信を持って答えた。


「進む先の絵を見ているだけですよ」

家族が幸せであること

永田が本社勤務になってから、業務時間内に仕事が終わることは一度もなかった。それだけ大きな組織の風土を変えようとしていたのだから、当然と言えば当然だ。


しかし、本社勤務が決まった時から、永田には決めていたことがあった。

それは、とにかく家族と顔を会わすことだった。

家族は名古屋に住んでいる。東京から名古屋まで、毎週、必ず新幹線での帰省を決心していたのだ。

永田は金曜日の夜遅く、仕事が終わり次第、毎週、東京駅から新幹線に駆け込む。

仕事の都合で乗れる新幹線の時間がわからないので、指定席を買うこともできない。月に一回帰省することは会社でも認められていたが、それ以外は毎週全ての往復の新幹線代を含めた交通費は自腹だった。

本社に勤務していた頃には、二男五女、永田は7人の子持ちの大所帯の父であった。

当時、そんな永田の事情を知っていた部長が

「お前も家族を抱えて大変だろう。時には帰省を出張扱いにしてもいいぞ」

とは言ってくれていたが、永田は

「個人的に帰っていることを、実務がない時に、嘘をついてまで経理には回せない」

と経費清算することはなかった。

金曜の夜遅くに駆け込む新幹線の自由席は、単身赴任のサラリーマンで常に混んでいた。乗車率は常に200%から300%。単身赴任、全盛期の時代だ。

運良く自由席に座れた人、一週間分の英気を使い果たし、スーツで隣の人にもたれかかる人、泥酔し口を大きく開けていびきを豪快にかく人などが折り重なっていた。

疲れが金曜日の下りの車両中に充満していた。座れなかったほとんどの人は通路で立ったまま寝ている。通路に座り込んでいる人もいる。

永田も毎週名古屋まで2時間近く立ち続けた。ようやく名古屋駅に着いても、在来線に乗り換えてさらに1時間以上。目的の駅に着く頃には、バスなどの交通機関はもう終わっている。最寄りの駅から20分歩いて家に帰る。家に到着する頃には、既に日が変わっていることも珍しくない。

それでも、駅から家まで歩く永田の足取りはいつも軽かった。

帰ってきた安心感で東京勤務の疲れが吹っ飛んでいくのが永田自身にもわかっていた。

家に帰っても、既に子供達は寝ているが、子供の寝顔を見て「この子たちを守ろう」と、奮起する。と、いうわけでもない。

守ろうという強いエネルギーより、日常のやりとりを通して子供の変化や成長を見ることが、本当に永田自身をリラックスさせ、柔らかくしていた。家族との時間が、永田にとって、力を抜ける大切な時間だったのだ。

そんな永田でも数年の本社勤務の間に3度だけ、週末に家に帰れなかったことがある。

土曜日に大切なお客様のエグゼクティブクラスを招いてのセミナーがあり、「永田、今回はどうしても責任者のお前が話すしかない。この日だけは出てくれ」と頼まれた。

事情も事情。この時ばかりは帰省せずにセミナーをやりきった。セミナーが終わり早めに東京の実家には帰れたのだが、結果として翌週月曜日の朝はとても辛かった。

帰省しなかったその翌週は日に日に疲労が溜まっていき、一週間がとても長く感じられた。

そんなことが重なった後、何時間かけて帰省をしても、たった二日の家族との時間が本当にエネルギーチャージになっているのだと永田は確信した。

◆◆◆

永田の冬の楽しみに家族とのスキーがあった。

永田は、長男を筆頭にスキーができるようになった5人の子供たちを連れて、日曜の朝には、よくスキーに出かけた。前日の土曜日から5人分のスキーを車のキャリアに積み、シューズやウェアなどをトランクに積み込んでいく。子供サイズとはいえ、5人分のスキー道具で車は常に満杯だった。

「明日、またスキーに行くんだけど」

「あら、いいじゃない。用意するから、いってらっしゃい」

7人の子供を抱える永田の妻は、常に明るく送り出してくれた。

「疲れてないの？　せっかくだから、ゆっくり休めばいいのに」などという言葉は言わない。スキーに子供達と行くこと自体が永田の楽しみだということを十分に理解してくれていたのだろう。言葉の代わりに、当日の朝には、まだ小さい下の子をあやしながら、暗いうちから永田の分も含めてお弁当を用意してくれた。子供用の水筒と、大きなポットに用意された熱いお茶、6人分のお弁当などを詰め込み、眠い目をこする子供達を乗せて永田はスキー場へと向かう。


朝の冷たい空気を頬に感じると、それだけで永田の肩からは力が抜けていく。

スキー場までは車で3時間ほど。駐車場に着くと、まずは子供たちにつなぎのスキーウェアを着させることから始まる。それから、手袋、ブーツ、ストック、スキー。5人分の道具を次々と車から出して、きゃあきゃあ騒ぐ子供達にスキー板をそれぞれ履かせていく。

長男が下の子の面倒を見てくれるようになってからは、少しは楽になったが、まずリフト乗り場に行くまでが大仕事だった。

1時間も滑ると、今度は子供のトイレタイム。

折角着たスキーウェアを半分脱がせてトイレに連れていく。

トイレから帰ってくると、今度は「お腹がすいたぁ」という声にあわせて、持参したお弁当を広げて、ポットに入った熱いお茶で食べる。

永田がまともにスキーをする時間など、ほとんどない。それでも永田は楽しかった。転んでばかりいた子供が、ある時を境に転ばなくなる。泣かなくなる。楽しそうに自分からリフトに乗れるようになる。その成長を見るだけで、温かい何かが永田の中に溢れてくるのだ。

一日雪まみれになり、また5人分のスキーを車に積み、家に帰ってくる頃には、もう夜になっている。

そんな週末こそが企業の改革を進める永田の毎日の支えになっていたことは確かだった。

永田の中では、社員が幸せであることと、家族が幸せであることに一ミリの違いもなかった。

月曜の朝早く出かける永田の顔は、朝日に輝いていた。

朝早く新幹線に乗り、9時までに六本木に出社する。

（あと何回、この家から本社に行くことになるのだろう…）

「いい会社にする」それが果たせるまで私はこの朝日を追いかけるのだ。私には見えている。「会社は変わる」その絵が。

ミスターCS

山城は、成田発NY行き国際線のビジネスシートで、窓から雲上の景色を眺めていた。白石補佐が隣で飲み物を受け取ってくれようとしたが、少し考えたいことがあるからと断って、座席のテーブルに自らの手帳を広げた。

高度1万メートルの青空と、眼下に流れる雲を見ながら、山城は思いにふける。永田を本社に呼び寄せ、業務改革推進本部のCS担当部長として改革を始めた当時から既に8年が経っていた。顧客満足委員会の真の意味を永田が理解してくれたこと。鍛えられたビデオプレゼン。タスキをかけてやった挨拶運動。

日本ARK株式会社は、日本国内で名実ともにコンピュータ総合メーカーでダントツ1位の業績になっていた。それだけではない。今も毎年二桁成長を続け、2位以下をどんどん引き離し続けている。その勢いは留まるところを知らない。その成功の秘訣は何なのか、世界中で話題になっていた。

「ミスター山城。ぜひ、アジアの大成功の秘訣を聞かせて欲しい。私は、ジャパンに学びたいし、他の国のCEOにも、学んで欲しいと本気で思っている。あなたに、基調講演をお願いできないか」

2ヶ月前、ARK米国本社のガードナー会長から直接、山城にホットラインでオファーがあった。世界中に展開するARKで、アメリカ、ドイツ、フランス、イギリスなどメジャーカントリーのCEOだけが集まっての会議が、ニューヨークで開催される。

◆◆◆

ニューヨークでの世界メジャー会議での冒頭の挨拶、ガードナー会長は山城を紹介した。

「本日は、ジャパンからミスター山城をお呼びした。いや、私はミスター山城を、ミスターCS

と呼びたい。カスタマーサティスファクションを向上したいカントリーのCEOは、ミスターCS山城、ジャパンに聞いて欲しい！」

割れんばかりの拍手が起こった。

アジア、日本から生まれた快挙の成長率とCS改革。その何たるかを聞きたがっている列強のCEO達が、興味深く、山城の登壇を見つめている。

「サンクス　ミスターガードナーCEO。日本から来た、山城です。光栄なことにガードナーCEOから、ミスターCSの称号をいただきました。しかし、私にCS向上とは業績向上の手段ではなく、企業の目的そのものだと教えてくれた男が日本にいます。その男がいなければ、私だけでは日本での二桁成長は成しえなかったでしょう。彼こそミスターCSの名にふさわしいのではないかと考えます。よろしければ、今、日本にいるその人物、「Seiichi Nagata」にも盛大な拍手をお願いいたします…」

7章　CSとES

即席講演会

「永田さん。お久しぶりです」

そう声をかけながら、永田に両手を差し出したのは、元第二営業部のトップマネージャーの駿河であった。永田が日本ＡＲＫを退社してしばらくした後、駿河は部長になり、役員候補にまでなった。が、本人の意思もあり、今は子会社の社長となった。子会社と言っても１０００人を抱える製造業のシステム構築コンサルティング会社の社長だ。

「駿河さん、立派になられましたね。当時の顧客満足委員会では大変お世話になりました。あの時の駿河さんの活躍がなかったら、日本ＡＲＫの今のＣＳナンバー１の地位はなかったんじゃないかなあ」

「いえいえ。もちろんご存じだと思いますが、当時は私も永田さんのことを疑っていたんです。

部下や同僚に永田さんの官公庁営業時代のことを調べさせたりして、永田さんが何者か知ろうとしていました。調べれば調べるほどわからなくなっていきましたけど」

より精悍(せいかん)な顔つきになった駿河が、当時のことを思い出して、苦笑しながらそう答えた。

「そうでしたね。私は曲がったことが、どうしてもダメ。それを貫いてきただけなんですが、皆さんよく付いて来てくれました。皆さんが顧客満足委員会のかけがえのないメンバーになってくれたことは嬉しかった。広報の中嶋さん、金融の定岡さん、あと花岡さん。君たちのチーム力は凄かったねえ。もちろん駿河さんのリーダー力があって、山城さんが、ああいう方だから許されていたとは思うんだけど」

「私は上役に恵まれていただけです。佐賀部長があってこそ、部長の席にも着かせてもらえましたし、委員会を通して山城社長、永田さんから学んだことは、今でも全て生きています」

「私はチームメンバーや部下に恵まれているだけですよ。会社を退職した後も、こういうお話をできるのはありがたいですね。ところで、今回、駿河社長がわざわざ私を呼んでいただいたのはどういうお話ですか？」

駿河はずっと立ちながら話をしていた事に気が付き、永田に椅子に座るように促した。

「失礼しました。実は今回は永田さんのお力をぜひお借りしたくお呼びしました。弊社は製造業のシステムコンサルを行っていますが、近年システム導入前にＴＱＣにもとづいた要望書を求められることが多くなってきました。恥ずかしながら、私を含め、社内にＴＱＣとは何か、その根本を理解してお客様と話せる人材が育っていません。そこでＴＱＣと言えば、永田さんと思い出しまして、ぜひ、ＴＱＣとは何なのかを弊社で講演して頂ければと思ったんです」

「そういうことでしたか。駿河さんには委員会でも沢山助けられましたから、喜んで引き受けますよ。今日このあと30分くらい、お時間取れますか？　よろしければ山城社長との思い出話を含めて、ＴＱＣに関しての概要をお話いたします。もちろん、今回は思い出話ですから、講演料はいりません。次回からはきっちりと請求させていただきますが、いかがでしょう」

駿河は永田の気質を良く知っていた。お客様先であろうが、会議の途中であろうが、永田はすぐに講演をはじめる。そして、その全てが、その場に必要な話になるのだ。断る理由は何もなかった。

「もちろん喜んで！　1時間でも2時間でも時間は調整します。いやあ、久しぶりに永田さんの話が聞けるとは、うれしいなあ。ホワイトボードも2台用意させますので、隣の第一会議室でお願いします。あと私の直属の部下も何人か参加させてください。私の直属の部下は元日本ＡＲＫ

で山城社長のこともよく知っているメンバーですのでご安心ください」

こうして、永田の「TQCとは何か?」の即席講演会が始まった。

「こんにちは。何名かお越しいただきましたね。今日は私の日本ARK時代の思い出話を語りながら、TQCとはどのようなものかを説明したいと思います。思い出話ですから、途中、話がいろいろな方向へ飛ぶかもしれません。どうぞそのあたりはご了承ください。皆さん、元日本ARKの一員だということでお話をすすめさせていただきます。

まずは、言葉の定義から。」

永田はホワイトボードにTQCと大きく書いた。

「TQCとは、トータル・クオリティ・コントロール、つまり、主に製造業において、製造工程のみならず、設計・調達・販売・マーケティング・アフターサービスといった各部門が連携をとって、統一的な目標の下に行う品質管理活動のことです。

ちなみに、私がCS担当部長になったときの、山城社長の統一方針はこうでした」

永田はホワイトボードにサラサラと

方針管理／方針展開
社長　年度方針

と書いた。

「さらに各事業部の方針、各支店の年度方針はこうです。

この各事業部・各支店の方針管理を私が全て行うことになったのです。全部署です。私が本社に行く何年も前から、方針管理は行われていたのですが、そこにCSとESという項目はありませんでした。本社の目的は『どうやって売上を上げるか』ということのみにフォーカスされていたのです。そして日本ARKもTQCという品質管理活動を導入しました。当時はTQC全国大会とか、どこの会社でも結構華々しくやっていた時代でした。

日本ARKは、もちろん当時も業績は伸びていたんですが、さらに良くするためにTQCを導入しようという流れになっていました。著名な先生方がいっぱいいて、自分の書いた本を5冊ぐらい読ませる。その他、例えば、社内の報告用紙をB5に統一するといった謎のルールがあったのです。

ただ、良い仕組みも必ず形骸化するわけですね。

もう現場は大ブーイングですよ。日本ARKはずっとA4用紙を使用していたので、『ファイルからキャビネットから全て、一体、どう対応するんだ?』と一時大騒ぎになりました。結果、華麗にその先生のルールは無視するんです。TQCの先生に言わせると、日本ARKほど言うことを聞かなかった会社はなかったようです。できない事はやらない。そういう主張を先生を飛び越えてする会社でした。そのことは、皆さん、ご存知ですよね」

ここで、緊張気味だった駿河の会社の社員達にも笑顔がこぼれた。伝説の永田の話が聴けるということで、皆、緊張していたのだ。

「実は、TQCの制度を求めるあまり、当時は、本末転倒なことも起こっていたそうです。ある時、1人の社員が、『最近、お客さんのところへの訪問回数が減って、なかなか成果が上がらない』と言ったそうです。『どうして?』と聞かれると、『ほら、TQCをやるようになったから、忙しくて』と。笑うところですが、笑えませんね。そう現場に言われるくらい、ポイントの整理や集計など、実務が増大していた状態だったわけです。目的を見失って、形にだけ捉われてしまっていたのですね。『おたくもあれ導入したの? あ、それじゃあ、もうまともに仕事はできないよね』という会話が、至極真っ当に、まかり通る状態でした。こちらも笑い話ですが。

もちろんＴＱＣの先生方は、そんなことは露知らず『これで日本は成長したんだから、あなたたちもやりなさい』というスタンスの一辺倒でした。

日本ＡＲＫには黙ってやる社員はいないから、いろいろと意見が出ていたのですが、カリスマ社長からの『ともかく、いいから一度、黙ってやってくれ。俺の頼みだ』という掛け声で、ようやく実施したということでした。今考えても、その判断は正しいなと思います。まずは仕組みの導入に成功です。ＴＱＣが基本にしている方針管理というのは、上がまずは大方針を決める。次に中間層が中間方針をどんどん決めていく。最後にブレイクダウンして、いわゆる現場のアクションプランまで落としていく。

これを定期的に年に2回もしくは4回チェックする。『うまくいってますか？』というレビューセッションでのフィードバックです。これがいわゆるＴＱＣを回していくということですね。ここまでは大丈夫でしょうか？」


駿河も他のメンバーも、メモを取り必死に話を聴きながら、頷いている。

「このくらい頷いてくれると、私も話しやすいですね。最近は、『うちの部門長がだらしないんで、話を聴くように指導してくれ』なんていう会社様からの依頼もあるんですよ。そういう時は、『頷く練習を100日間させてください。話はそれからです』とお断りしています」

これには駿河も他のメンバーも大笑いだった。その光景が目に浮かぶからである。実際に笑いすぎて、駿河はテーブルの上にあったコーヒーを少しこぼしたくらいだった。

社内コンサルタント

TQCの内容がホワイトボードに書かれているその前で、永田はさらに話を続けた。

「駿河社長もご存じの通り、当時、副社長であった山城さんは、社長に抜群に信頼されます。やはり山城さんは大胆でしたが、筋が通っていて、やることをやっていましたから。山城さん自身で『自分は社長向きではない』と言っていたのに、次の年、いきなり社長になったので、周りはビックリしていたそうです。私は、当時のカリスマ社長が山城さんを説得して、抜擢したのだと思っているんですが、あの売上に厳しいカリスマ社長の最後の大仕事が山城さんの抜擢で、それがこうやって花を開かせて、日本ARKの組織風土を改革していくんだから、面白いものです」

駿河は、自分が顧客満足委員会に抜擢され、その後すぐに直属の上司だった佐賀部長から、自分の後継者として育てたいと言われた時のことを思い出していた。広報の中嶋も、そのあと広報部の課長を経て部長へと出世をし、最終的には企画室長まで上り詰めた。

いつの間にか、部門長への登竜門は、顧客満足委員会にあり、と言われ始め、次は誰が顧客満足委員会に呼ばれるかと、現場も部門長も注目する委員会になっていった。

「そして、山城さんが社長になってから、四半期単位でワンオンワンミーティングをやることになるんですね。それまでは、部門の方針管理も、レビューをするとは言われながら、社長と直接はやっておらず、スタッフ同士が適当にやっていただけでした。それが、山城さんの時代になって、方針管理チェックの真剣勝負の場になっていくんです」

佐賀部長が青い顔で部門に戻ってきて、「山城さんは本気だぞ」そう言われたことを駿河は懐かしく思い出していた。永田のことを調べろと言われたのも、ちょうどその時だった。

「山城社長の前までは、部門長がレポートを出して、ここまで進捗しましたという報告さえすれば、おしまいでした。そのレポートも、もう、鉛筆なめなめで書くわけです。適当に、前のレポートに上書きしながら、少しずつ進んでいるように見せる。それを私の前任のＣＳ担当部長がまとめて『トータルでこうなっています』という、随分と適当な報告で済ませていました。山城さんは、そこにメスを入れてちゃんと部門長と1対1の対面で、直接報告を受ける形にさせたわけです。TQCに命が吹き込まれたわけですね。

そして私が本社に呼ばれた時に、方針の一番がCSナンバー1企業になるということでしたから、その観点で、『CSに関して、あなたの事業部では何をやりますか?』『ESの高い職場の実現のためには、何を行いますか?』という質疑に強くフォーカスするようにしたんです。質疑のシミュレーションは、もちろん私と山城社長で徹底的に行いました。どう質問するのか、何を見て成果と認めるか、そのすり合わせの連続でしたね」

永田は駿河にパチンとウィンクをしてみせる。「君も知っていただろう?」と言わんばかりだ。当時から、永田に「おまえの差し金か!」と詰め寄る部門長もいたが、その時の永田は「私にそこまでの力があればいいんですけど、残念ながら、これは社長の方針です」とうそぶいてばかりだった。

「従来の事業本部長会議でも、営業本部長会議でも、そういう方針管理はやっていましたが、それまではCSとESについては、何も言及がなかったわけです。年度方針における『業績2桁成長の実現』のところで、今、プロジェクトの進捗はどうなっているとか、今度の新商品はどうやって売るんだとか、あくまで目先の数字や商品の話についてが常だったわけです。そこで、山城社長に出してもらった年度方針が先ほどのものです。

ワンオンワンミーティングだけでなく、部門長会議の進め方も、私がCS担当部長になってから変えました。一貫性を持てるように、本部長会議で山城社長にこうプレゼンしてもらいました。『皆さんは、年度方針の3番目の二桁成長の実現業に向けてだけ、何をやるかを話しています。要するに、皆さんの頭の中には、1番目と2番目はないですね。でも、それは違います。これからはまず、1番目のCSナンバー1を実現することについてお話していただきたいんです』とね。佐賀部長も奥部長も、営業系の部長はみんな、最初は目を白黒していました」

そう話しながら、いかにも楽しそうに永田は笑った。次に、永田はホワイトボードに書かれた事業部の年度方針にて説明を始めた。

「第1四半期は1月末ぐらいにあって、第2は4月末、第3は7月末、最後が10月末くらいかな。1月に『今年はこういう方針でやります』と宣言して、4月は『第1四半期の結果を受けて、これ以降、ここを修正します』という話をしていくわけです。それで、10月末の時にはこれまでを振り返って、最後こうやって達成していきます、というのも含めて部長に話してもらいます。会社が、何に力を入れているかを見極めるには、そこに、どれだけ時間を割いているかが深く関わっています。ですから、社長の年度方針に基づいて、事業部方針の報告を、四半期ごとに、社長とのワンオンワンで、部長に確認させていただきました。常にＣＳ、ＥＳの目標と結果に関して、そこに時間をかけて議論してもらえるようにしたんです。

もう一つ、それぞれの事業部年度方針をもとに、私が、経営品質管理として、各事業部に、フィードバックレビューさせていただくことになりました。これがＴＱＣ、トータル・クオリティ・コントロールを実現するのに大きく役立ちました」

駿河を含め、そこにいた全員がメモを取る。

ホワイトボードも瞬く間に図と文字で埋まっていく。

何の資料もなしにここまで書けるのは、永田が何度も何度もこの説明を社内で行ってきたからに他ならないからだろう。やはり永田さんに頼んで正解だった。と、駿河は思った。

「具体的には、各事業部の役員に、方針をもとに、『ここは、10ポイント上げると書かれていますが、具体的にはどういう風に展開される予定ですか？』と確認するのです。事業部方針には、ＣＳとＥＳもあります。もちろん業績についての内容も当然入っています。それを全部門、私がレビューするわけです。この役割は完全に、社内コンサルタントだったんです。日本ＡＲＫには、各販売・営業系の事業部だけではなく、製造部門の工場、研究所、スタッフ部門、人事部門、財務部門など、大企業ならではの様々な部門が多数存在していました。法務部門には弁護士資格を持つ社員が沢山いますし、他にも、総務部門、中嶋さんがいた広報部門など、そういったサポート部署も含め、全部、私が数時間レビューしてまわりました。正直なかなか時間の取られる仕事でした」

営業部や広報部のレビューのことは知っていたが、法務部までレビューをしていたということは、駿河は知らなかった。

（永田さんが動き回っていたのが全部門にまでだったとすると、これはことだぞ）と、駿河は少し身震いした。

「例えば、広報部だったら、『あなたたちはCS向上という観点で、何ができるんですか？』と聞くわけです。一見、広報部はCSとは直接関係ないように見えますが、できることはあるんです。メディアの方との関係性を良くすることで、いい記事を書いてもらえるように。そう説明して、『メディアの関係者との関係性を良くするために、何をやってますか？』と突っ込んでまた聞いてみるんです。嘘の記事を書いてもらっちゃいけないけど、メディアは非難する記事を書くのが好きだから、時に、ありもしないことを書くことさえある。そうならないように人間関係を作っておく。具体的に言えば、広報部が主導で、メディアに会社のことをよりよく知ってもらうために、工場見学をやったり、研究部門に勉強会を開いてもらって、それぞれの思いを感じてもらう機会を作ったりすることをアドバイスしました。そうすることで、印象も良くなったりする、いい関係性を作れたメディアには、よく報道されているし、事実無根のネガティブな記事はあまり書かれなくなったんじゃないかなと思います。

これは、中嶋さんは本当に上手でしたね。広報部の方針ポイントは常に中嶋さんの関係構築力のおかげで高い点数になっていました。彼が後に企画室長になったのも当然でしたね。

今度は法務部に行って、『法務部門はどうやってＣＳを向上するんですか？』と、私は平然と聞くわけです。これは難しいですよね。『どうしていいか、わからない』という状況でした。『例えば、現場に問題があって、法務部門が出ていく時に、現場の方のモチベーションが上がるようなアドバイスができたとしたら、間接的にＣＳの向上に貢献したことになるんじゃないですか』などと、具体的に提案していくようにしていました。もう、まさに、社内コンサルタントです。トータルで組織に方向性を持たせるというのは、そういうことの積み重ねなんです」

「トータルで組織に方向性を持たせる」と永田はホワイトボードに書き足した。

「製造部門に行っていた時のことはまだよく覚えています。日本ＡＲＫはもちろん、世界の工場と連携しているので、製造部には、実は様々なパーツが各国からきます。その中でより良いもの、品質の高いものを、納期通りに納められるようにすることが顧客満足向上ということに繋がります。

『世界各国の工場開発のキーマンとの関係性を良くするために、どんなことをやっていますか？』と問いかけると、『実は先日、工場長が変わって、各国との関係性が断たれてしまって、大変なことになった。お前、なんでそんなことわかるんだ？」ということで、次もぜひアドバイスをしてくれと、請われました。研究から、開発から、財務から、人事、法務、各事業部長全部を隅々まで見てアドバイスをした人間は、あの会社では私しかいないはずです」

「現場にアイデアを出させるために、出向いていき、適切な質問を投げ掛け続けること。アイデアが出ないときには、自ら具体的なケースを提案すること。」

そう駿河は自分のメモに書き留めた。

「TQCは、まず会社として『お客様は誰なのか』というお客様の定義から始まるんです。ドラッカーですね。お客様の定義と経営理念からスタートする。そこに基づいて、フレームワークを検証していくので、各部門のリーダーに対しても、細かい質問をいっぱいすることができるんです。とにかく、お客さんの本当のニーズを沢山聞く。

『必要なもの、必要でないものを含めて、お客様の実態をどうやって掴んでいますか？』

『そのニーズを、商品や製品、サービスにどうやって反映していますか？』

そういった問いとともに、実践しているプロセスを全部チェックしていく。

『こうやってお客様の要望や期待を把握しております』と言われても、それでは終わらない。今度は、『それは正しく把握できているんですか?』と聞いていく。

『できていると思います』『はい、わかりました。では、根拠を示してください』

こうやって深掘りして、どんどんどんどん質問していくのです。

そうすると、ほとんどの人が、どこかで行き詰まるんですよ。そこで、まだ不十分だったということを自ら理解していただく。その繰り返しの中で、どんな会社の、どんな人、どんな部門の人とでも話ができる力が、私はこの方針管理の仕事で身につきました。ＴＱＣは手法ではあるんですが、実は、私にとってＴＱＣは、社内の不十分なところをあぶり出すためのツールになったんです。このような経験があるからこそ、今、いろいろな会社で講演をさせてもらっているのですね。ありがたいですね。これほど自由に、そして責任ある仕事をさせていただいた山城さんには今でも感謝しています」

「ＴＱＣによって、重ねる質問によって不十分をあぶりだす。」

と駿河はメモに書き記した。これまで自分なりに実施していたことも、まだまだ不十分であったと、駿河は自らを振り返っていた。

ヒアリング&レスポンス

永田はCSについて、ある程度語り終わると、次にホワイトボードに書いてあるESの部分に赤で〇をつけた。

「さて、1番目の方針はCS向上でしたが、次の方針はES向上。つまり従業員満足度をどうあげていくかについての話になります。当時、山城社長には白石社長補佐がついていましたが、彼も経営品質そのものには関与していませんでした。ですから、部門の方針管理の領域では、私が社長補佐も兼ねるようなところがありました。

方針展開、方針管理、CS向上とES向上。本来、ESに関しては、日本の大企業の9割は人事部門の領域だと思っているはずです。大企業では人事部門が社内コミュニケーション活性化、社員のロイヤリティ向上の責任を持っているんですね。今でいうエンゲージメント向上責任です。しかし、日本ARKではあくまでも人事に関して責任を持つのは各部門の課長であり、その上の部長であり、本部長なんです。日本ARKでは、事業部として全て完結させるというのが方針でした。人事部に人事権はなし。これは日本ARKが外資系の会社ということもあったのでしょう。ですから、ESの施策も人事部門ではなく、山城社長が直々にESに焦点を合わせて、部門長に伝えることができました。その内容と進捗を、各部署をまわって見させていただき、山城さんに直接伝えることが私の役割でした」

駿河は「部門長にES責任を持たせる」とメモをした。

「大体、どの部門も、対象を変えて1回1時間ぐらいの対話会を行って成果としていました。毎日ランチミーティングで、何人かと話すということを行っている部門もありましたね。とにかく、コミュニケーションすることが目的でしたから。ランチミーティングに参加する時は、部下は昼飯代を出さなくていいんですよ。まあ、楽しい食事だったかどうかは、わからないですが。いずれにせよ、上司が部下を評価レビューする場ではなく、あくまでESの観点から『今、どんなことを考えていて、何に困っているか、その解決のために会社は何をしたらいいか?』という、従業員の本音や困りごとを聞くことが目的だということを常にフィードバックし続けていました」

永田は、そこまで一気に話すと、大きく頷いている駿河にちょっと視線を向けて微笑み、ホワイトボードに書き足した。

・会社に対しての不満、改善点
・自分の事業部、自分に対しての不満や改善点

・何をやったら、もっとみんなが仕事をやりやすくなるか
・今、何に困っているのか

「私は部門長や課長に、そのような場では、この4つの視点で特に話を聞いてほしいとお願いしていました。駿河社長にも、日本ARK時代に同じようなことを伝えていたはずですが、覚えていますかね」

駿河は間髪入れずに答えた。

「もちろんです。永田さんに教えて頂いた通りにしていましたよ。今日ここにいる部下に、私がやっていることの大元がバレてしまったのが、ちょっと気恥ずかしいくらいです」

何人かの部下が一斉に笑い出した。その光景を見ながら永田も楽しそうに話を続けた。

「駿河さんに『間違っても、気合いを入れる場にしないでね』と言ったような覚えがあります。楽な場にすると社員も言いたいことを言えるので、皆さん喜んで参加してくださるんですよ。嬉しい場になるんです。そこで出てきた要望リストを私の方で見せてもらって、『どこまで、その要望に応えましたか?』と、後日、駿河さんをはじめとした上司のところに聞きに行くわけです。大切なのは、例えば、社員から10の要望が出たとしたら、その全てに応えることなんです。これ

も駿河社長は、当時実践してくださっていましたよね」

「はい。全てに応えるというのが斬新でしたので、よく覚えています」

「もちろん、応えるとは、全てを実施するということではなく、10の要望があったら、『3つについては、確かに重要だからすぐやる。3つについては、ちょっと考えさせてくれ。残り4つはやらない』といったように、レスポンスすることなんです。

大事なのは、やらないことも、『やらない』としっかりレスポンスするということです。

一番良くないのが、ただ聞きっぱなしで、『はい、はい』と言っておいて、結局、何もやらないこと。

そうすると、次からは『言ってもしょうがない』と諦められて、何も言ってくれなくなってしまいます。

例えば、ある部門が10人単位で1回か2回、そういう対話の場を行うと、それ以降何度も続けなくても、社員の持っている不満は、あまり変わらないということがわかってきます。つまり、それぞれの部門内での問題意識は共通しているんです。その要望に、しっかり応えていくうちに、『うちの上司は、自分の思っていること、困っていることや不満を理解してくれている』と感じてくれるようになっていきます。それが社員の満足度向上に繋がっていくんです。ＥＳ向上とは社員の感じ方の変化なんですよ」

駿河の右隣で真剣に話を聴いていた30代の幹部候補が手を挙げて永田に応えた。

『やるか、やらないか、保留か、どれかの回答を必ずすること。それがリーダーだ』と駿河社長から教わりました」

駿河は、驚いたように部下の言葉を聴いている。永田は大きく頷きながらさらに続けた。

「まさに、駿河社長の言葉通り、レスポンスすることが、レスポンシビリティ、つまり、責任感ということです。レスポンスというのは、常に正解を出すとか、やりますと言うことではないんです。レスポンスがない、ただ聞きっぱなしということは、結局、無責任ということでしょ。当時は、部長たちに、『全部にイエスという必要はありません。ただ、要望に対して、どうするとも言わずに、放っておくのだけはダメです』と伝えていました。会社リソースは限られていますし、時間も限られているので、要望に対してやれることは常に限られます。その限られている中で、優先順位が高く、効果の大きいものを選んでやっていかなきゃいけないんです。そうやって分類して、必要なことにアクションを起こしていく。それだけで、やはり、社員一人ひとりの満足度は上がっていくんです。ES向上とは、ヒアリング&レスポンス、これにつきますね」

駿河は泣きそうになっていた。永田の話はいつも胸の奥が熱くなる。忘れていたことが思い出される。日本ＡＲＫの現役時代に真剣に取り組んできたことが、目の前のレジェンドから肯定されるという高揚感。ただ聞いているだけで自分が肯定されていくように感じるのは、永田特有の話し方だった。

いつしか1時間以上も即席講演会は続いた。

永田の話が終わると、駿河は立ち上がり、両手で握手を求めた。

「永田さん、ありがとうございます。急なお願いにも関わらず、ここまで本気でお話をしてくださったことに感謝しています。ぜひ、正式に会社にお呼びして、今度は全社員の前でお話を聞かせてください。よろしくお願いいたします」

「もちろんです、駿河社長。本番では、幹部候補や幹部の方々に、徹底的に私がインタビューをさせていただきますからね。山城さんではありませんが、嘘は、なしでお願いしますよ」

「いやあ、まいったなあ。でも、覚悟を決めますよ。どうぞお手柔らかに」

「山城さんも、よく同じようなセリフを言っていました。もちろん私は、手加減はしませんでしたけどね」

永田と駿河は、お互いに大きな声で笑いあった。

退職の寄せ書き

駿河と別れた後、永田は、退社を決めた時期のことを、ふと思い出していた。

「日本ＡＲＫ本社に、今後、顔を出さないなら、絶対に辞めさせませんからね」

そんな言葉を周りからもらいつつ、永田は会社をあとにする決心をしたのだった。

その理由はただ一つ。

「自分の人生の最期に○をつける」そんな人生を送るため。

永田が会社を辞める時には、沢山の寄せ書きが集まった。

役員、部長、課長に現場の社員まで、全ての部署からのコメントが集まったのだ。

～永田さん。山城社長が言う、あたまの使い方。明るく、楽しく、前向きに。本当の前向きとは何なのかを永田さんから学ばせて頂きました。ありがとうございます～

～永田さんの『マスコミも人間だからさ。いい人間関係を作り上げることが、会社そのもののCSに繋がるんだよ』という言葉に支えられて、ここまで来れました。これからもいい人間関係を本気で作っていきます～

～お詫びします。挨拶運動の時に、挨拶するのが嫌で、研究棟のビルの別の入り口に逃げたのは私です。今となっては恥ずかしい限りですが、時効だと思って書きました。もちろん今では毎朝挨拶をしています！～

～永田さんが、部門のアンケートを廃止した時には、強権政治が始まるのかと身構えました。でも、アンケートを取るよりも、頻繁に部門に来てくれたことで部門の雰囲気ががらりと変わりました。寂しくなります～

～永田さんの伝説のビデオを何度も見返しました。ダビングをして、部門ミーティングの前には、みんなで見て、感想を述べあうところから会議を始めています。不思議と肩から力が抜けるのです。会社を離れても、ぜひ永田さんのお声を聞かせてください～

～山城社長の笑顔を引き出してくれてありがとうございます。秘書の日下部です。元々山城さんは柔和な雰囲気を持っていたので、秘書としてはやりやすかったのですが、時々難しそうに眉間にしわを寄せていることが気になっていました。永田さんが来てからいつも笑顔になられて、永田さんがコロシアムとおっしゃっていた闘技場が、劇場シアターのように明るくなりました。本当に感謝しています〜

そこには、具体的な感謝の言葉ばかりが書かれていた。

これほどまでに様々な人がコメントを寄せてくれたのは、永田が全部署を頻繁にまわって、青臭いことを言いつつも、真摯に具体的なアドバイスをし続けてきたからなのだろう。

この寄せ書きが出来上がるのには、かなりの時間がかかった。

普通の寄せ書きであれば、他人のコメントなど、そう多くは読まないものだが、全ての部門のキーマンからのコメントがあったため、寄せ書きが、いつしか読み物として、全部読んでから書いて次に渡すという現象が起きたのだ。永田への寄せ書きは回覧板のように、人から人へと、部署から部署へと回っていった。

山城は最後に手元に回ってきた寄せ書きにじっくりと目を通しながら、永田への思いを綴った。

山城の想いに溢れた文章を、永田は、今でも鮮明に覚えている。

～永田さんは、ＣＳとＥＳという観点で、会社を変革した、たった1人のはじまりの人でした。一人ひとり役員の意識を変え、管理者の意識を変えてくれました。全社員の意識を変えるために、私のビデオを微に入り細に入りプロデュースしてくれました。定期的なワンオンワンでのチェック、方針管理、社内アセスメントへの邁進。その前向きさに、いつも助けられました。ひたすらに「これやろう、あれやろう、これもやろう」と手を出し続け、足を運び続ける。もちろん反対する役員が出てきたり、上手くいかなかったことも沢山あったと思います。しかし、どんな時でも、どうすべきだろうと考え、「少なくとも、改革を止める側には、誰もいて欲しくない」そういつも、つぶやきながら、前に進んでくれました。おかげで、私の中の「なんとかなる。なんとかする」という思いも日に日に強くなっていきました。私の知る限り、永田さんの中で、前向きの姿勢が崩れたことは一度たりともありません。気がつけば、我が社は、業界の中で日本一の会社になっています。業績とＣＳ、そして、ＥＳの全てが連動するようになってきました。ずっと、私はあなたと一緒の景色を見てきたんだと思います。会社は変わる。あなたこそがミスターＣＳです。あなたと一緒に仕事ができて幸せでした～

エピローグ

気がつくと実に美しい頂きに永田誠一は1人で立っていた。

誰もが見ることのできなかった、信じることのできなかった、この美しい世界を彼は一人で堪能していた。

みんな登ってくればいいのに
どうしたら登れるのか

簡単な話だ。登り続ければいい。
途中で諦めないこと、後ろを振り向かないこと。
ひたすら前を見て、一歩ずつでいい、歩みを進めていけば必ずここに到達するのだ。
至極簡単なこと。ただし、多くの人はそれを途中でやめてしまう。
もちろん、やめる理由は色々ある。仕方ない時もあるかもしれない。
しかしその理由をあげる限りにおいては、頂きに到達することはできない。

時に天候は急変し、吹き飛ばされそうになることもある。
冬のように冷たい気温になることもあるだろう。
でも生きていてさえすれば歩みを進めることができるのだ。
必ず到達できるのだ。

大切なのは途中を全て楽しむことだ。
どんなに厳しい天候であろうとその悪天候が永遠に続くことはない。
その時はじっとして、その厳しい天候をしっかり味わったらいい。
その天候が過ぎ去り、また一歩一歩を進めることができる時期が必ず来る。

人生は1回限り。
その1回をどのように過ごすのか。
のんびりと平穏に平坦に過ごすのも一つの人生。
山を登り続けるのも一つの人生。
いろいろな人生があってどれがいいというものではない。

しかし、やはり単に平坦な平穏な人生より、時には、大きな変化のある面白い人生を歩みたい。

変化を生み出す人生…

何かを変えようとする時、対峙するのは相手ではない、自分自身である。
自分自身に勝てるかどうか、これこそが肝要なのである。

全国にはまだまだ埋もれた人材がいる。
これからは、そういう人材を見つけ育てていく、新たな美しい頂への挑戦が始まる。

【著者】園田 ばく（そのだ ばく）

作家。早稲田大学卒業後、おもちゃメーカーに勤務。某テーマパークの店舗営業で売上を３倍にする。退職後、音楽イベントをプロデュースし司会者デビュー。ブライダル会社と共同で、音楽と人前式を融合した商品を開発。その後、研修トレーナーとして一部上場会社に採用され「潜在能力」と「育成の重要さ」を学ぶ。2009 年、自分の天職を発見する会社を起業し「天職に生きる」ための講座を開講。その後、２代目事業継承者として家業に戻り、総務人事部長を経て、代表取締役常務。
一般社団法人 100 年続く美しい会社プロジェクト理事、財団法人学びと感謝の希望財団理事、あり方研究室主席研究員など、バランス感覚に優れた場づくりの天才として多方面で活躍中。

【プロデュース】大久保 寛司（おおくぼ かんじ）

「人と経営研究所」所長。

日本 IBM にて CS 担当部長として、お客様重視の仕組み作りと意識改革をおこなう。退職後、「人と経営研究所」を設立、人と経営のあるべき姿を探求し続けている。「経営の本質」「リーダーの本質」をテーマにした講演・セミナーは、参加する人の意識を大きく変えると評判を呼び、全国で延べ 10 万人以上の人々の心を動かす。

著書に、『あり方で生きる』（エッセンシャル出版社刊）『考えてみる』、『月曜日の朝からやる気になる働き方』、『人と企業の真の価値を高めるヒント』などがある。

会社は変わる

2024 年 4 月 10 日　初版発行

著者　園田ばく
プロデュース　大久保寛司

発行者　小林真弓
発行所　株式会社エッセンシャル出版社
〒 103-0001 東京都中央区日本橋小伝馬町 7-10
ウインド小伝馬町Ⅱビル 6F
Tel 03-3527-3735　Fax 03-3527-3736
URL https://www.essential-p.com/

編集　小林真弓、磯尾克行
カバーデザイン　松本えつを
印刷・製本　シナノ印刷株式社

スペシャルサンクス
ファスティングホテル 海の杜、湯河原リトリート ご縁の杜、鎌倉レジェンドサロン、水戸川裕佳子、坪崎美佐緒、竹林加寿子、立石剛
編集協力　橋本恵子、竹内美紀

ISBN 978-4-909972-39-2　C0095